3

目次

口絵・イラスト／高座朗

世田谷《せたがや》、砧公園《きぬたこうえん》近くに広がる住宅街の外れに一軒《いっけん》の家がある。とある著名な建築家が私邸《してい》として建てたその家は、施工《せこう》された四十年前には革新的な建造物として話題になった。今でも建築に興味を持つ人間の間では有名であり、長い年月を経ても古めかしさを感じさせず、不思議な魅力《みりょく》を醸《かも》し出している。それも全《すべ》て、建築家が高い理想を込めて作り上げた作品だからに違《ちが》いない。

十五年前、建築家が亡くなった後、その家で暮らす人間はいなくなった。住人を失った家は鬱蒼《うっそう》とした庭の木々に覆《おお》われ、通りからは建物があるのかどうかも分からない程だった。それが七年程前に彼の親族の手に渡《わた》り、家はまた灯りを取り戻《もど》した。そして、紆余曲折《うよきょくせつ》を経て、三年前からは事務所として使われている。

都内としては贅沢《ぜいたく》な広さの敷地《しきち》には、四角いコンクリート造りの家を守るように様々な木々や植物が植わっている。朴《ほお》の木、楠木《くすのき》、北山台杉《きたやまだいすぎ》、クロガネモチ、ソヨゴ、桜に梅、椿《つばき》にハナミズキ。通りに面した一部分には駐車場《ちゅうしゃ》として敷石《しきいし》が敷《し》かれているが、それ以外は殆《ほとん》どを植物が埋《う》めているので、外観はまるで小さな森のようだ。

事務所として使われるようになった三年前。家への入り口にもなっている駐車場の端《はじ》っこに、表札がぶら下げられた。手書きで「丹野事務所《たんのじむしょ》」とマジックで書かれただけの木の板は、高い意志を掲《かか》げて建てられた家には不似合いなものだ。事務所としての活動を始めた頃《ころ》、頻繁《ひんぱん》に訪れる郵便局や宅配業者の為《ため》に、応急処置的に作った表札が、今もまだそのまま引っかけられているのである。

仕事の内容が内容なのだから、もっとちゃんとしたものに替《か》えたらどうかと、事務所を訪ねる多くの人間が助言するのだが、表札が替えられる気配はない。それは事務所名についても同じで、「丹野事務所」という名称《めいしょう》はステレオタイプ過ぎないかという意見が多々ある中、未《いま》だにそれが使われている。設立当時、代表者の名字を取っただけの名称をつけたのは、半ば自棄《やけ》みたいなものだった。

先鋭《せんえい》的な業界において、古風過ぎるその名は異彩《いさい》を放っている。覚えやすいからいいじゃないかと、開き直った代表者は変えるつもりがない様子で。二名しかいないスタッフも代表者に逆らうつもりはないから、恐《おそ》らく、これからも「丹野事務所」という名前は変わらないだろう。

実際、代表を含《ふく》めて三名しかスタッフのいない丹野事務所には、細かなディティールに拘《こだわ》るような余裕《よゆう》がない。仕事は常に山積みで、毎日締《し》め切りに追われている。名前などどうでもいいというのが彼らの言い分だった。

そして、庭のツツジが満開となった頃。設立から三度目の春を迎《むか》えた丹野事務所は、毎年恒《こう》例《れい》となりつつある危機を迎えていた。春になると訪れる、解決のしようがない問題は、時期が過ぎるのを待つしかなかった。あの日さえ過ぎれば。夏の日差しがやって来れば。そう、息を潜《ひそ》めて願っていたのだけど。

春の嵐《あらし》はメタボリックな男の訪問から始まった。

「こんにちは〜。今日もいい天気だねえ」

にこやかに挨拶《あいさつ》しながらアルミ製の軽い引き戸を開けると、黒いラブラドールが出迎えてくれる。人間の声は当然ながらなく、愛想《あいそ》良く尻尾《しっぽ》を振《ふ》ってくれる犬に、丹野事務所を訪ねて来た男はしみじみとした口調で話しかけた。

「俺を歓迎《かんげい》してくれるのはお前だけだよ、クロ。ありがとうな」

「すいませんね、愛想なくて」

「わっ。いたんだ？　里見《さとみ》くん」

てっきり、クロしかいないと思っていたのに、ぼそりと低い声の呟《つぶや》きが聞こえて来て、男は驚《おどろ》いて飛び上がる。何処《どこ》にいるのかと思い、辺りを見回せば、床《ゆか》の上にしゃがみ込んだ若い男が梱包《こんぽう》資材を広げて作業していた。年季の入ったデニムに、格子縞《こうしじま》のシャツ。セルフレームの眼鏡《めがね》をかけた、すっきりとした細面の男は、丹野事務所のスタッフである里見だ。

「何してるの」

「今からバイク便が取りに来るんで、梱包してるんですよ。今日は何ですか？　分かってると思うけど、壱《いち》さん、体調も機嫌《きげん》も最悪ですよ。あれ以上、悪くなるような話はしないで下さいね、柏木《かしわぎ》さん」

「う…」

今から聞こうと思っていたのに…と、先手を打たれた男…柏木は引きつった顔で言葉に詰《つ》まる。その表情を見て、ガムテープを貼《は》り終えた包みを手にした里見は唇《くちびる》を突《つ》き出して、立ち上がった。

「え〜。マジっすか。やめて下さいよ。勘弁《かんべん》して下さい。今でもトルネードですよ?」

「何言ってんだよ。今日は『エリエゼル』のプレゼンの日じゃんか! 忘れたの? 里見くん」

「…そうでしたっけ?」

「本当に忘れてたんだ…。この格好見たら、分かるだろう?」

信じられない…と、柏木は呆然《ぼうぜん》とした顔で呟きながら、自分の服装を指し示す。いつもはアロハにデニムというラフな格好でいる柏木が、きっちりスーツを着てネクタイを締めているのには理由がある。大切なクライアントを前に行うプレゼンにジーンズ姿で出掛《でか》ける訳にはいかない。

柏木がスーツを着ている時はプレゼンがあるのだと、里見も分かってはいたが、気付ける余裕がなかった。柏木にとっては大事なプレゼンの日かもしれないが、里見にも事情がある。

「ここのところ、いい天気が続いてるじゃないですか。壱さん、籠《こ》もっちゃって、俺も綾子《あやこ》さんもテンパってるんですよ」

「…やっぱそうなんだ…。俺もメールでしかやり取りしてないんだけど、添付《てんぷ》ファイルだけで、本文なしってのが続いてたから…」

「いいじゃないですか。メール貰《もら》えるだけで。エリエゼルは壱さんも気合い入れてるんで、籠もっててもやってるんでしょうねえ。いいなあ。柏木さんは壱さんに相手にして貰えて」

「何言ってんの。同じ事務所内にいる癖《くせ》に」

「ひとつ屋根の下にいても、ここのところ、壱さんとまともに口きいたこと、ないですけどね」

溜《た》め息と共に告白する里見を見ているだけで、柏木は憂鬱《ゆううつ》になってしまう。本来の予定通り、プレゼンが三月末に開かれてくれていれば、こんな苦境には立たされていない筈《はず》だった。よりによって、一年で一番駄目《だめ》になる五月にずれ込むなんて。皮肉だと言うしかない。

皮肉と言えば、今日の天気もそうだ。せめて、雨でも降ってくれないか。降り出さなくても、太陽を隠《かく》すくらいの厚い雲が天を覆ってくれるだけでもいい。切なる願いを込めて天気予報を見ていたのだが、柏木に都合のいい天気にはならなかった。

空は朝から綺麗《きれい》に晴れ渡《わた》り、堂々と顔を見せている太陽が、春らしい白い光で世界を照らしている。

「丹野くんにはメールで何度も念押《ねんお》ししてるんだ。ただ…返事はなかったけど…。用意は…してくれてるよね？」

「大丈夫《だいじょうぶ》なんじゃないですか」

「冷たいなあ。里見くんも綾子さんも」

「綾子さんには言いました？　なんて言ってました？」

「…昨日、電話で話したら諦《あきら》めろって言われた」

でしょ?……と肩《かた》を竦《すく》め、里見は仕事部屋へ続く引き戸を開ける。建築家が暮らした私邸には、玄関《げんかん》とか廊下《ろうか》とか、従来の住宅にあるべき役割を決められた場所というものが一切《いっさい》なかった。大きなワンルームのような家を事務所として使うことが決まった後、天井《てんじょう》から吊《つ》り下げた引き戸で必要な区切りを作った。入り口であるアルミ製の引き戸を開けた先は玄関とストックルームを兼《か》ねた空間で、その先に、メインのワーキングルームがある。

三十畳《じょう》を越《こ》す広く細長い空間の、南側一面は殆《ほとん》ど、庭に面している。床は石の乱貼りで、壁《かべ》はコンクリの打ちっ放し。そんな無機質さに、庭の緑がよく映《は》える。床から天井まで繋《つな》がる高い窓を開け放てば、庭に続くテラスに出られる。夏場になると強い日差しを避《さ》ける為に葦簀《よしず》が立てかけられるのだが、今は春の終わり、まだその用意はない。燦々《さんさん》と差し込む陽光で部屋中が明るく、眩《まぶ》しい程だ。

贅沢な環境《かんきょう》下の部屋には、ミーティング用の長いテーブルと、丹野事務所のスタッフ二名が使っているワーキングデスクがある。どちらも特注で作られた大きなものだが、部屋が広く、窓も大きい為、圧迫感《あっぱくかん》はない。そのワーキングデスクの片方で、一人の女性が真剣《しんけん》な顔でモニターを睨《にら》んでいた。

長い黒髪《くろかみ》を一つに括《くく》り、陶磁器《とうじき》のような白さの顔に凝《こ》ったデザインの眼鏡をかけている。黒いハイネックの薄手《うすで》のニットに、巻きスカート、レギンス。その表情が鬼気迫《ききせま》るものでなかったら、楚々《そそ》とした美人である。

丹野事務所の経営を司る綾子は、入って来た二人と一匹《ぴき》に全く反応を見せなかった。

「綾子さん、柏木さんですよ」

先に部屋へ入った里見が来客を告げたのだが、綾子はぴくりとも動かない。聞こえてない筈はないのだが、耳に入っても、頭まで届かないのだろう。柏木は諦め気分で自ら綾子へ近付いた。

「綾子さん、こんにちは」

「……」

「綾子さん」

「……」

真横で呼びかけているのにここまで無反応だと、わざと無視されているんじゃないかと思えて来て、柏木は肩を落とす。けど、長い付き合いだ。綾子が故意に無視してるんじゃないと分かっているから、更《さら》に近づいて…綾子の顔の間近から名前を呼んだ。

「綾子さん！」

「っ…わっ！　びっくりした！」

「……」

「やだな。驚かさないでよ、柏木さん。心臓が止まるかと思った」

何度も呼んだよ…という柏木の言葉をさらりと流し、綾子は伸《の》びをしながら時計を見る。壁にかけられた、大きくてシンプルな時計が指している時刻は十二時を過ぎていた。

「あら。もうお昼じゃないの。里見～。バイク便、出してくれた？」

「もうすぐ来ますよ。渡すだけにしてあります」

「サンキュウ。お昼ご飯、どうしようね。何か取る？　柏木さんも食べます？」

「…じゃなくて。俺、今日、プレゼンだって言ったよね？」

「ええ⁉　諦めてなかったの⁉」

人の良さそうな丸顔を顰《しか》めて確かめる柏木の前で、綾子は大仰《おおぎょう》に驚いてみせる。それが如何《いか》にも呆《あき》れてるといった様子だったから、さすがの柏木もむっとして、真剣さが全く足りない二人を諭《さと》すように言った。

「綾子さんも里見くんも。分かってるだろ？　今日はエリエゼルホテルのプレゼンの日なんだよ？　丹野くんがこのコンペの為《ため》にどんなに時間を割《さ》いて来たか知ってるだろ？」

「そりゃ、知ってますよ。けど、だからこそ、柏木さんだけで行って下さいって言ったんです。あれを引っ張って行くと、たぶん、逆効果ですよ」

「けど、今回のメインは丹野くんで、最終選考のプレゼンなんだよ？　俺じゃどうしようも出来ないじゃないか」

「柏木さんが丹野のフリすればいいじゃないですか」

「どうやって？　ねえ、どうやって？」

綾子のとんでもない提案に、柏木が思わずムキになって聞いてしまった時だ。カララと引き戸の開く、軽い音が聞こえた。柏木の隣《となり》にいたクロが即座《そくざ》に反応して駆《か》け寄って行く。それに釣《つ》られるようにして柏木が奥を見ると、幽霊《ゆうれい》がいた。いや、幽霊じゃない。幽霊みたいにやつれた、渦中《かちゅう》の人物だ。

「……梨本《なしもと》、スクリーン下ろして」

「はいはい」

眩しそうに顔を顰めた、丹野事務所代表である丹野壱は、か細い声で綾子に要求する。綾子が里見と手分けして、窓のロールスクリーンを全《すべ》て下ろしてしまうと、明るかった部屋が薄闇《うすやみ》に包まれた。そうすると、壱のやつれ具合が更に増して見えて、柏木は綾子の言う通りにするしかないのかと途方《とほう》に暮れた。

やっぱり急病ということにして、壱の代わりに自分がプレゼンするしかないのか。しかし…と、相反する思いで悩《なや》む柏木の元へ、壱がよろよろと近付く。

「柏木さん、車で来たんだよね？」

「え？」

「新宿だっけ？　なんてビル？　地図書いてよ。俺、自転車で行くから」

か細い声で聞く壱を、柏木だけでなく、綾子も里見も驚《おどろ》いた顔で見た。行くの⁉　三人から同時に素《す》っ頓狂《とんきょう》な声で聞かれ、壱は心外そうに眉《まゆ》を顰《ひそ》める。

「エリエゼルのプレゼンだろ？　行かなくてどうするよ？」

「う…うん、そう、そうだよね！　ありがとう～。行ってくれないかと思った～」

「大丈夫なんですか、壱さん。今日、めちゃめちゃ天気いいですよ？」

「無理しない方がいいって。大体、あんた、いつからまともに食べてないのよ。そんなんで新宿まで自転車って…無理よ。倒《たお》れるわ。晴れてるし。行き倒《だお》れよ?」

ほっとして礼を言う柏木と違《ちが》い、綾子と里見は思いきり疑わしげな顔で壱を見た。外部の人間である柏木とは違い、壱を毎日見ている二人には、到底《とうてい》無理だと思える話だ。

「何とかなるだろ。このコンペは絶対、勝ちたいからさ」

「そうそう。最終まで残ったのはうちとジレンホールだけだって言うし、ジレンホールには絶対勝ちたいよな」

競合相手のあるコンペティションに参加するのは、壱も柏木も久しぶりで、プロジェクトの内容もさることながら、相手に勝つ! という意味合いで燃えていた。しかし、やる気に満ちているのは壱の心だけで、実際には頭も身体《からだ》も追いついていなかった。

「ちょっと、丹野。行くのはいいけど、あんたその格好でプレゼンに出ようってんじゃないでしょうね?」

ふらふらと準備を始める壱に、綾子が驚いた顔で尋《たず》ねる。伸び放題の髪の毛は後頭部が鳥の巣のようになってるし、いつ着替《きが》えたのか分からないTシャツはよれよれで、最近食が細いせいでまた痩《や》せて、ぶかぶかになったデニムはずり落ちそうだ。プレゼンという舞台《ぶたい》に立つ格好としては全く、相応《ふさわ》しくない。

大仕事の最終プレゼンなのだから、スーツを着て行けと言いたいところだが、立っているのが精一杯《せいいっぱい》といった今の壱には酷《こく》だろう。せめて、清潔感のある格好をさせなくてはと、綾子は渋《しぶ》い表情で溜め息を吐《つ》いた。

「奥に白いシャツとチノパンあったよね？　行くならそれに着替えていきな。ほら、脱《ぬ》いで」

「壱さん、ちょっと動かないで下さいね」

綾子が奥の部屋へシャツを取りに行ってる間に、里見が櫛《くし》とヘアスプレーで壱の髪をセットする。シャーッと振《ふ》りかけられるスプレーの匂《にお》いに、壱は顔を顰めたが、逆らうことなく、されるがままになっていた。

髪のセットが終わると、綾子が持って来た白シャツとチノパンに着替えた壱は、やつれた雰《ふん》囲気《いき》は隠《かく》せないものの、見た目は何とかマシになった。元々、目が大きく、顔が小さな壱は目立つ顔立ちをしている。ぼさぼさの髪が整えられただけでも、全然印象が違って見える。

女性としては長身の綾子がヒールを履《は》くと並んでしまう程度の身長は高いものではないが、低く見えないのは、手足が長く、頭が小さいという、スタイルの良さがあるからだ。丹野は本当に容姿に恵《めぐ》まれているわよねえ…という綾子の羨《うらや》ましげな声を聞きながら、壱はディパックにプレゼン用の資料を詰《つ》め込んでいった。

「丹野くん、荷物は俺が持って行くよ。でも、本当に大丈夫《だいじょうぶ》？　一緒《いっしょ》に乗って…」

「車に乗るくらいなら、行き倒れた方がマシ」

壱は車が嫌《きら》いだ。それには明確な理由もある。三人はその事情をよく知っているから、強くは勧《すす》められなかった。柏木は荷物だけは運ぶと言って、自転車で行くと言い張る壱の為に、プレゼン会場である新宿のビル名と共に簡単な地図を描いた。

「…ええと、これがヒルトンで…この道の向こう側の、オークスタワーってビルなんだけど…

三十五階の、『ハイコート』社の会議室」

「…分かりました。じゃ、向こうで」

「プレゼン開始は二時だから。一時半には向こうで集合しようって、安藤《あんどう》さんたちとも話してるからさ」

「安藤さん以外は誰が来るの？」

「松田《まつだ》さんと児島《こじま》と佐野《さの》と頼子《よりこ》さん。社長は敢《あ》えて見送りだって」

「様子見？」

　にやりと笑う壱に、柏木はちょっとほっとした気分で苦笑して頷《うなず》く。大きな瞳《ひとみ》には鋭《するど》い光が宿っていたし、唇《くちびる》の端《はし》だけを上げて笑う、不敵な笑《え》みも見られた。壱らしい、好戦的な表情がきっと大丈夫だと思わせてくれる。

　柏木と共にワーキングルームを出た壱は、ストックルームに置かれている自分のクロスバイクを用意した。丹野事務所では車を運転する人間はおらず、全員が自転車を愛用している。暫《しばら》く乗っていなかったクロスバイクの状態を点検していると、不安そうな顔の綾子と里見が見送りに出て来た。

「丹野。本当に大丈夫？　マジで晴天だよ。今日」

「新宿まで長いですよ？　サングラスとか…してった方が。俺のやつ、してって下さいよ」

「邪魔《じゃま》だし。メットは被《かぶ》って行くからさ」

気遣《きづか》う二人には素っ気ない口調で返した壱だが、一緒にやって来たクロには苦笑を向けた。

綾子たちと同じく、クロも心配している様子で、不安そうに見える。しゃがんで頭を撫《な》で、クロの顔を両手で挟《はさ》むと、「大丈夫だって」と言いながら、愛おしげに額を合わせた。

　不安げな二人と一匹《ぴき》に見つめられながら、壱はメットを被る。クロスバイクを引いて、先に外へ出て行く柏木の後に続いたのだが。日陰《ひかげ》から日向《ひなた》へ一歩足を踏《ふ》み出した途端《とたん》、白い陽光にノックアウトされ、自転車ごと、芝生《しばふ》の上へ倒れ込んでしまったのだった。


　だから言ってるじゃない。呆れた声で言いながら、駆け付けた綾子は壱の上に乗っかっている自転車を退《ど》けた。先に走り寄り、壱の匂いを嗅《か》いで心配しているクロに退くように言って、彼が被っているメットを外すと、厳しい口調で命令する。

「こんなんで自転車なんかで行ける訳ないでしょ。どうしても行くなら、柏木さんの車に乗って行きな」

「……く……車は……」

「里見。サングラスと帽子《ぼうし》。あと、ビニル袋《ぶくろ》」

「了解《りょうかい》！」

　綾子の指示を受け、里見は軽快なフットワークで事務所へ戻《もど》り、壱が車に乗る際、必要とする三種の神器を持って来た。柏木と里見が抱《かか》え起こした壱を車の助手席へ乗せてしまうと、綾子がその顔にサングラスをかけ、帽子を被せる。手にはビニル袋。吐《は》く時はこれにね！　反論を許さない強さで言うと、助手席のドアをバンと音を立てて閉めた。

「吐くほどの物が胃に入ってない筈《はず》だから、大丈夫だと思うけど。我慢《がまん》して。本当は私か里見が付いて行ければいいんだけど、他の仕事で手一杯《いっぱい》だから」

「分かってる。悪いね、綾子さん、里見くん。終わったら送って来るよ」

壱が自転車で行くというのを了承《りょうしょう》しながらも、行き倒れになるのを心配していた柏木にとっては、一緒に行けるのならば吐かれるくらい、大したことではない。急いで運転席へと乗り込み、車を発進させると、暫くして壱の弱々しい声が助手席から聞こえて来る。

「……柏木さん……なんだっけ。窓に貼《は》るやつあるじゃん。せめて、あれ、貼っといてよ…」

「けど、壱くん。あれ、貼っていいの、後部座席の窓とリアだけなんだよ。知ってた？」

「後部座席なんかないじゃん、この車…」

柏木の愛車はローバーのミニ…しかも、年代物のミッション車で、走ってようが停《と》まってようが、常にブルブル振動《しんどう》しているというハードな車だ。しかも、小さな車だから窓から入る光を避《さ》けようがない。燦々《さんさん》と降り注ぐ陽光は車内を眩《まぶ》しく照らし、サングラスをしていても、目を閉じていても、太陽の光を感じた。

ただでさえ弱っているところへ、大嫌いな春の光と車という、ダブルパンチを浴びてるのに、最悪な乗り心地《ごこち》が更《さら》なるダメージを壱に与《あた》える。前へ後ろへ、右へ左へ。ぶるぶる、ぐるぐる。散々振り回されて新宿に着いた頃《ころ》には、壱は自力で車から降りるのも困難なほど、弱ってしまっていた。

「丹野くん、大丈夫かい？」

「……大丈夫じゃない……」

出て来る時は余計な心配はかけまいと、大丈夫だと繰《く》り返していた壱だったが、さすがにも う強がりは吐けなくて。せめてもの救いは柏木が車を停めたのが地下駐車《ちゅうしゃ》場で、日の光が入 らないことだった。

柏木の手を借り、車を降りた壱はふらふらと歩きながら、エレヴェーターに乗り、上階へ向かった。こんな目に遭《あ》ってまで来たのだから、何としてもプレゼンを成功させなくてはならない。そんな気合いを胸にしていたものの、途中《とちゅう》からシースルーになったエレヴェーターの側面から入って来る太陽の光に、またしてもノックアウトされた。


丹野事務所はデザインディレクター、丹野壱が代表を務める、デザイン事務所である。三年前、壱と綾子の二人で設立され、その後、加わった里見と共に、現在は三名で数多くの仕事をこなしている。壱は大学在学時からその才能を注目されて来た有名なデザイナーであり、彼に仕事を依頼《いらい》したいと考えるクライアントは引きも切らない。

柏木は業界大手の東海林《しょうじ》デザインに所属するディレクターであるが、壱と綾子もかつては東海林デザインに勤めていた。丹野事務所を設立し、独立してからも東海林デザインとはコラボレートという形で仕事を共にすることが多かったが、今回のコンペは柏木から情報を得た壱が是非《ぜひ》にと望んで、東海林デザインの複数の関係者を説得して参加したものだ。丹野事務所だけではとても参加出来ない規模のプロジェクトであったから、東海林デザインの力がどうしても必要だった。

高級ホテルチェーンとして世界に名を知られる「エリエゼル」がアメリカの大手デヴェロッパーに買収されたのは昨年の話だ。かつては高級ホテルの代名詞のような存在だったエリエゼルだが、経営陣《じん》の怠慢《たいまん》から、業績の悪化が進んでいた。今回の買収により、新経営陣は今までのエリエゼルが築いて来たブランドイメージを一新するとし、ブランディングを担当するデザインディレクターをコンペティションで決めることになった。

「エリエゼル」は世界中に上質なホテルを持つ。採用されれば、丹野事務所はもとより、東海林デザインとしても大きな財産となる仕事である。それだけに競合相手は世界中にいて、最終選考まで残れるかどうかを危《あや》ぶむ声もあった。しかし、壱は逆に闘志《とうし》を燃やして、本当はコンペに参加する余裕《よゆう》などない程、忙《いそが》しいにも拘《かかわ》らず、僅《わず》かな余暇《よか》を縫《ぬ》って、彼の全力を注ぎ込んで準備して来た。

その結果、最終選考に無事に残ることが出来た。最終まで残ったのは、NYに本拠《ほんきょ》を置く、世界的に有名なジレンホール社と、壱を外部デザイナーとして迎《むか》えた東海林デザインの二社だった。そして、東京で行われることになった運命のプレゼン当日。最悪の体調で現れた壱に、会場となるハイコート社で彼を待っていた東海林デザインの関係者は、顔を曇《くも》らせた。

「おいおい、丹野。風邪《かぜ》でもひいたのか。顔が真っ白じゃないか」

ミーティングルームに入って来た壱に、真っ先に声をかけたのは、東海林デザインの経営面を担当している専務の安藤だった。安藤だけでなく、他の面々も心配そうな顔で声をかける。

「ちょっと…ふらふらしてるじゃないですか。座って下さいよ」

「お水持って来ましょうか？　温かいものの方がいいですか？」

気遣ってくれるスタッフたちに、壱は申し訳なさそうな表情を向け、理由を口にしてから勧《すす》められた椅子《いす》に腰掛《こしか》けた。

「大丈夫《だいじょうぶ》…です。ちょっと車酔《くるまよ》いで…。飲み物より、灰皿下さい」

「なに。柏木のボロ車で来たの？」

「ボロは余計ですよ、松田さん」

上司である松田が悪口を向けてくるのに、柏木は憮然《ぶぜん》として言い返す。古いのは確かだが、ちゃんと整備してあるし、何よりあのデザインはもう作られることのない、貴重なものである。それに人見知りの激しい壱は知らない人間が運転するタクシーには、死んでも乗ろうとしないのだ。

よろよろと椅子に座った壱は、灰皿を受け取って煙草《たばこ》を取り出し、咥《くわ》える。ヘヴィスモーカーでもある壱は、一本、吸い終える頃には何とか落ち着いて、打ち合わせを始めた。今回のプレゼンはクライアントが英語圏《えいごけん》の人間である為《ため》、通訳を必要とする。東海林デザインの専属である通訳と挨拶《あいさつ》を交《か》わし、説明を始めた壱は徐々《じょじょ》に調子を取り戻していった。

ここ一番という場面での壱の集中力はずば抜《ぬ》けている。体調がよくないのは確かでも、気力だけで乗り切れる筈だと信じ、柏木は先に会場となる会議室へ入った。セッティングに抜かりはないか確認していると、安藤と松田がやって来る。

「柏木。NYの情報、入って来たぞ」

「ジレンホールですか？」

東京で東海林デザインと丹野事務所による最終プレゼンが行われる前に、NYではライバルであるジレンホール社がプレゼンを行っていた。安藤が仕入れた情報によると、向こうは不調に終わったらしく、プロジェクトの責任者となっている松田も神妙《しんみょう》な顔で頷《うなず》いた。

「今回は丹野の仕事が飛び抜けてよかったからな。これでうちに決まったも同然じゃないですか」

「そうだな。俺も今回は負ける気がしない」

「…丹野くん、今回のコンペには執念《しゅうねん》燃やしてますからね」

「本当だよ。あんな丹野は久しぶりに見た。音《おと》が……あんなことになって…うちまで辞めて、もう駄目《だめ》なのかって思った時期もありましたけど、これが通ったら、『丹野壱』が復活してくれるようで、嬉《うれ》しいですよね。細々とした仕事だけじゃ、もったいないですから。あいつの才能が」

しみじみと言う松田の話を、安藤と柏木は大きく頷きながら聞いた。壱本人には聞かせられない話だが、昔のことを知る全員が同じ気持ちを抱《いだ》いているだろう。そして、特に二人と親しくしていた柏木は、感慨《かんがい》深い思いがあった。

「……そろそろ時間が来ますね。丹野くん、呼んで来ますよ」

会議室を出て、壱が打ち合わせを行っているミーティングルームへ戻《もど》ると、まだ通訳との話が終わっていなかった。少し離《はな》れた場所で様子を見ながら、別の仕事をしていた柏木は、さっき松田から聞いたばかりの言葉を思い出す。

今回のコンペに壱が無理をおしてでも参加した理由を、柏木はよく知っていた。かつて、自分たちを支えてくれた男の為に。壱は絶対、この仕事を勝ち取るに違《ちが》いない。エリエゼルの情報を聞きつけ、自分に頼《たの》んで来た時の壱は昔を思い出させる顔をしていた。

間もなく、壱にとっても自分にとっても、一年で一番辛《つら》い日が訪れる。一番苦しい時期だというのに、壱は必死で頑張《がんば》っている。自分も出来る限りのフォローをしなくては…と思いながら壱を見た柏木は、ふと、彼の着ているシャツに目を留めた。随分《ずいぶん》、だぶついているシャツは、壱の体型には不似合いなものだ。壱が痩《や》せたからではなく、元のサイズ自体が大きいに違いない。きっと、あれは…。

お守りだ。思わず、手を叩《たた》いて祈《いの》ってしまいそうになった。

二時から開催《かいさい》される最終プレゼンの為に、壱たちは十分前に会場に入った。セッティングを終え、相手方を待つだけになっている会議室へ資料を抱《かか》えて入った壱は、室内の明るさに立ちくらみを起こす。

「丹野くん！　大丈夫か？」

「…だ…だめ。ブラインド、下ろして貰《もら》って…」

　会議室の一面全《すべ》てが窓になっており、ガラスを通して明るい日差しが差し込んでいた。壱の資料を代わって持っていた柏木は、その場にいた人間に頼んでブラインドを下ろさせる。室内が薄暗《うすぐら》くなると、壱はしゃがんだままほっとした顔になる。

「…柏木さん、悪い。閉めたままでいってもいい？」

「あ…ああ。これくらいならいけるか？」

「うん…」

　弱々しげに返事をし、壱は椅子に手をかけて立ち上がると、会議室の中央部分にある演台へと向かう。心配げな表情で待っていた進行役の女性と打ち合わせを始める壱の許《もと》へ、柏木は資料と共にペットボトルのミネラルウオーターを運んだ。

「水、持って来たけど、何か他のものがよかったら…」

「いや、水でいい。ごめん、柏木さん。心配かけて…。プレゼンはちゃんとやるから。安心して」

　緊張感《きんちょうかん》が滲《にじ》んだ壱の表情を見て、柏木は神妙に「ああ」と頷いた。今までも、壱はどんな状況《じょうきょう》にあろうとも、自分のプランに関するプレゼンだけは完璧《かんぺき》にやり遂《と》げて来た。仕事に対する壱の情熱は人一倍だし、特に今回のコンペは全身全霊《ぜんれい》をかけて取り組んでいるものだ。壱にとって厳しい季節であるのは否《いな》めないが、それでもきっとうまくいく筈《はず》だと、柏木は自分に信じ込ませて、演台の脇《わき》に作られた席に腰掛ける。

間もなくして、クライアントが現れた。スーツ姿の男性が五名。一気に緊張感が満ちる会議室の中央で、壱は立ったまま、深々と礼をしてから椅子に座った。全員が着席すると、進行役によってプレゼンが開始される。今回のプランを提案させて頂きます、ディレクターの丹野壱からプレゼンテーションを行わせて頂きます。そんな台詞《せりふ》を受け、壱は小さく息を吐《は》いてから立ち上がった。

負ける訳にはいかない。負けるつもりもない。今の自分が出来うる限りのプランだ。あとは、運。それは頼んだと、心の中でいつも唱える願いを浮《う》かべた。

見守ってて。

「…今回のプランを提案させて頂きます、丹野壱と申します。お手元にお配りした資料をご覧頂けますでしょうか。まず、新しいロゴマークについてですが…」

柏木や周囲の人間の心配をよそに、壱は順調にプレゼンをスタートさせた。顔色こそよくなかったものの、声には張りがあり、自信ある口調は説得力のあるものだ。自分のプランこそが最適だと、主張する場であるプレゼンテーションには、その中身は勿論《もちろん》のこと、相手からの信頼《しんらい》を得る為の話術が必要となる。壱は普段《ふだん》、愛想はよくないし、酷《ひど》く人見知りをするし、多弁でもないが、こういう時には生まれ変わったように、熱く語る。それは全て、彼が自分のプライドをかけて仕事に取り組んでいるからであり、努力から生まれる自信は相手を説得するのに必要不可欠なものだった。

プレゼンは順調に進み、相手方の反応もまずまずだった。東海林デザインの関係者は皆《みな》、この分なら間違いないだろうと考え、壱自身も確かな感触《かんしょく》を得ていた。プレゼンが終了《しゅうりょう》した段階で、相手側から何らかのコンタクトが得られれば決定的だ。東海林デザイン側の皆がそう考える中で、壱がプレゼンを締《し》めくくる。

「…以上で私からの提案を終わります。御社及《おんしゃおよ》び、エリエゼルホテルのご発展を願っております」

通訳と共にお辞儀《じぎ》をし、演台を下りた壱は柏木《かしわぎ》の隣《となり》に座る。近くで見ると、目の下にクマがくっきり浮かんでいるのが分かって、柏木は小声で「大丈夫か？」と声をかけた。

「うん」

小さな返事は、場を纏《まと》めている進行役の声で消されてしまうようなものだったが、顔つきだけはしっかりしていた。しかし、今にも倒《たお》れてしまいそうな雰囲気《ふんいき》は拭《ぬぐ》えない。柏木は壱の緊張を解く為にも、早く解散になるよう願っていたのだが。

思いがけない出来事が、緊張を更《さら》に高めることとなった。

進行役が「ご質問があればお願いします」とお決まりの台詞を口にし、通訳がそれを英語で伝えたすぐ後。シンと静まった会議室に落ち着いた男の声が…日本語で質問を投げかけてきた。

「…この色にしたのはどうしてですか？」

質問の内容は有り触《ふ》れたものだった。既《すで》に詳《くわ》しい説明を終えているものの、重ねて聞きたがる人間はよくいる。だから、プレゼン担当者である壱は即座《そくざ》に立ち上がり、答えるべきだったのだが、動けなかった。それは壱だけでなく、柏木や、安藤、松田といった東海林デザイン関係者の一部も同じで、彼らの顔は一様に硬《かた》いものになっていた。奇妙《きみよう》な静けさが訪れた状態に戸惑《とまど》い、進行役の女性が声を潜《ひそ》めて壱を促《うなが》す。

「…丹野さん。お願い出来ますか？」

その言葉を聞き、柏木ははっと我に返った。壱と一緒《いつしよ》に硬い顔で硬直《こうちよく》していた彼は、慌《あわ》てて隣に呼びかける。

「た…丹野くん…」

「…あ………うん……」

さっきまで演台で堂々と、熱心なプレゼンテーションを行っていた人間とは思えない、ぎこちない態度で壱は立ち上がった。震《ふる》える指先でファイルを持つと、柏木が小声で囁《ささや》いて来る。

「…気にしない方がいい。空似ってやつだよ」

「分かってる」

微《かす》かな息を吐き、壱は柏木に頷いてみせると、演台へ向かった。それまで意識しないようにと、ずらりと並んでいるクライアントをよく見ていなかった。さっきの質問は誰《だれ》から発せられたものなのか。確認する為《ため》に、演台から見渡《みわた》してみると、すぐに分かった。

五人、並んでいる男性の中で、日本人らしき人間は一人しかいない。まだ若い男だ。自分と変わらないような年齢《ねんれい》だろう。一目だけ見た男の容貌《ようぼう》を頭の中で再現し、壱は冷静になるように努めた。全然違う。髪型《かみがた》も、顔も、格好も。

似ているのは声だけだ。深く息を吸って、心を落ち着け、説明を始める。

「…私がこの色を提案させて頂きましたのは、先程、説明した内容と重複いたしますが、主要都市にありますエリエゼルホテルのいずれからも、緑が見えるという理由が一番にあります。それと、現在、エリエゼルと同等クラスのホテルブランドの中で、このような色合いを使用しているブランドはありません。ですから、独自性という意味でも…」

「使用していないのには理由があるのでしょう」

「……確かに、緑という色には欠点もあります。しかし、今回、その弱点を克服《こくふく》するべく、様々な方法を駆使《くし》しています。ですから…」

「どうもね。色が弱いと思うんです」

壱の説明が終わらない内から、相手は自分の意見を被《かぶ》せるように述べる。会議室に響《ひび》いたその声に衝撃《しょうげき》を受けたままだった柏木は、壱が次第に表情を険しくしていってるのに気付き、まずいと焦《あせ》った。瞳《ひとみ》をきらりと光らせ、男を見据《みす》える壱の顔からは動揺《どうよう》が消え、代わりに闘志《とうし》が漲《みなぎ》り始めているように見える。

「弱いというのは…印象が弱いという意味でしょうか？」

「ええ。もっと…はっきりとした別の色味でのプランはないんですか？」

「いいえ。今回のブランディングに当たって、私は色が一番重要だと考えておりましたので、選び抜《ぬ》いたこの色でしかプランを立てていません。それにこの色は弱い色ではありません。ブランドコンセプトにも合っていますし、新しい潮流を作れる色だと信じています」

はっきり言い切る壱に、柏木は必死で視線を送っていた。まずい。クライアントと喧嘩腰《けんかごし》で喋《しゃべ》るなんて、プレゼンの場では有り得ない話だ。何を言われても腹に収めるべきなのに。これ以上、何も言っちゃ駄目《だめ》だよと合図を送ろうとしても、相手が挑発《ちょうはつ》するような言葉を吐くものだから、壱は柏木を見ようともしなかった。

「すごい自信ですね」

「自信があるから、ここに立ってます」

売り言葉に買い言葉。平然と言い放った壱を、相手は目を丸くして見つめた。凜《りん》とした壱の顔をそのまま凝視《ぎょうし》した後、腕組《うでぐ》みをして椅子《いす》の背に身体《からだ》を預ける。何処《どこ》か、面白《おもしろ》げにも見える顔には、皮肉めいた笑《え》みが浮かんでおり、続けられた言葉はからかうようなものだった。

「あくまでも自分の考えが一番だと？　素晴らしい。芸術家みたいだ」

「芸術家ではありません。俺はデザイナーです」

「どっちでも同じだ。クライアントの意向を聞き入れるつもりがないのだったら、こういう場に出て来るべきじゃないでしょう」

「聞き入れるつもりがない訳じゃありません」

厳しい意見に反論しながらも、壱は自分が失敗を犯したと気付き始めていた。プレゼンで……しかもコンペ参加者という立場では、如何《いか》に相手に気に入られるかを最優先に考えるべきなのに。この場合、別のプランをすぐに用意すると言って引くのが最善だった。クライアントは神様だ。鶴《つる》の一声で何もかもが決まってしまう。

それはよく分かっていたのに。どうして言い返してしまったのか。全《すべ》ては男の高圧的な物言いがいけないのだ。そんな八つ当たり気味のことを思っていると、低い声が「では」と切り出した。

「再考案を見せて頂けますか？」

「再考案ですか？」

男の提案に素早く声を返したのは柏木だった。はっとした顔で見る壱に、何も話さないようにと視線を送ってから、男に意向を確認する。

「これが最終プレゼンだと伺《うかが》っていますが、もう一度、プレゼンを行えということですか？それは御社全体の意向と考えてよろしいんですか？」

「ええ。最終選考の責任者は私ですから」

不遜《ふそん》な口調で男が口にした内容に、壱を始め、東海林デザインの関係者全員が動揺する。男と並んで座っているのは、彼よりも明らかに年長だと思われる白人男性ばかりだ。クライアントであるハイコート社はアメリカ系の企業《きぎょう》であり、それまで東海林デザインが交渉《こうしょう》して来た担当責任者も白人男性だった。なのに。最終段階で責任者として日本人の若い男が出て来るなんて。しかも、再考案を提出しろという予想外の展開に全員が戸惑いを隠《かく》せないでいると、男が立ち上がる。

「では、……五日後でお願い出来ますか。次には満足出来るものを見せて頂けるのを願ってます。…期待してます」

最後に、壱へ向けて嫌《いや》みっぽい台詞《せりふ》を付け加えると、男は先頭に立って会議室を出て行った。その後ろ姿を鋭《するど》い視線で睨《にら》んでいた壱は、ドアが閉まると同時に、舌打ちをして演台を叩《たた》いた。

壱の横に立っていた柏木は、彼の体調を考慮《こうりょ》し、とにかく座るようにと勧《すす》めた。壱が椅子に腰掛《こしか》けると、東海林デザインの面々がそこへ集まって来る。

「再考ってことはまだ望みがあるってことか？」

「しかし、五日後だぞ。こんな短期間で用意しろって言うのは…」

「単なる嫌がらせで、ジレンホール社の方に内定してるって可能性もあるんじゃないですか。あの口調じゃ」

「ていうか、何者だ。あの男」

専務の安藤が渋《しぶ》い顔で言うのを聞いて、柏木は事務関係を担当している頼子に相手側から提出された出席者リストを持って来るように頼む。プレゼンには担当者の個人的感情も少なからず影響《えいきょう》する。だから、担当者の好む傾向《けいこう》などをリサーチし、対策として盛り込むのだが、今回のターゲットとして考えられていたのは三十代から四十代の白人男性だった。直前に出席者の追加があったという連絡《れんらく》は受けたのだが、大幅《おおはば》な変更《へんこう》があった訳ではないから大した影響はないだろうと、重要な問題として捉《とら》えていなかった。

「…恐《おそ》らく…これでしょうね。新しく加わったメンバーです。Orie Haida…ハイダオリエって名前みたいですね」

「日本人なのか、日系なのか。分からない感じだったな」

男が話した日本語は流暢《りゅうちょう》なものだったが、同じように英語も滑《なめ》らかだった。そして、彼から醸《かも》し出される雰囲気《ふんいき》は、日本人の若いビジネスマンとは一線を画すようなものだった。長身で堂々とした体格に、嫌《いや》みなくらい、整った顔。堂々とした立ち居振《いふ》る舞《ま》いや物言いは、一般的《いっぱん》なビジネスマンには遠い。

しかし。目の前の問題は男自身にはない。男が言い出した再考案を提出すべきかどうか、だった。

「……どうするか、だな」

低い声で呟《つぶや》いた安藤が壱を見ると、その場にいた全員が彼に視線を向けた。俯《うつむ》いて考え込んでいた壱は、大きく息を吐《は》き出して顔を上げると、憮然《ぶぜん》とした表情で詫《わ》びる。

「俺の力不足でご迷惑《めいわく》おかけしてすみません。ご迷惑ついでに、再プレゼンもお付き合い願えませんか」

「俺たちは構わないが、お前、大丈夫《だいじょうぶ》なのか？　他にも色々仕事抱《かか》えてるだろう？」

「それに…さっきも出たように、相手の嫌がらせって見方も出来るぞ。こっちが何を出しても蹴《け》るつもりなのかもしれん」

「けど…やっぱ、ここまでやって来たのを、これで終わりたくないし。今度は相手が蹴りようのないもの、出せばいいんでしょう。やります」

きっぱり言う壱の顔には固い決意が見られた。自分の仕事に対する自信はもとより、相手に対する対抗心《たいこう》が溢《あふ》れている。安藤は現場責任者でもある松田と顔を見合わせ、壱の意向を尊重して再プレゼンの為《ため》に動こうと決定した。

「俺は一度、さっきの…ハイダだったか。彼について調べてみるよ。経歴が分かれば傾向が摑《つか》めるかもしれん」

「しかし、あのハイダって、彼の声。驚《おどろ》きましたね」

安藤が男の名を挙げると、隣《となり》にいた松田が感心したような声を上げる。松田が何に驚いたのか、その場にいた他の若い社員は不思議顔だったが、壱と柏木はすぐに分かった。壱にとっては重い話題でもある。さっと顔を硬くする壱を見て、松田はしまったというように咳払《せきばら》いをして、話を変えた。

そんな小さな気遣《きづか》いも、壱には辛《つら》いものだった。再プレゼンの日程に関する打ち合わせを柏木に任せ、離《はな》れた席へと移動する。机に突《つ》っ伏《ぷ》す彼が体調を崩《くず》しているのも、疲《つか》れているのも、皆《みな》が承知していたので声をかける人間はいなかった。

その場で出来る打ち合わせを終えた後、東海林デザインの面々は先に会議室を出て行った。一人残った柏木は、静かになった部屋で突っ伏したままの壱に声をかける。

「丹野くん、そろそろ行こうか？　送るよ」

「…ごめん。柏木さん」

顔を上げないまま謝る壱に、柏木は苦笑して、隣の椅子を引いて座る。何が「ごめん」なのか。プレゼンで相手に言い返してしまったことか。思い出話から逃《に》げ出して、打ち合わせを放《ほう》棄《き》したことか。

驚いたな。本当に似てたな。こんなことってあるんだな。壱とは純粋《じゅんすい》に、そういう感想を言い合いたいけれど、彼から持ちかけられない限り、自分が口にしてはならないと分かっていた。壱の中には傷がある。治ることのない傷は膿《う》んだままだ。

「五日後って、大丈夫？」

「…うん。何とかする」

「綾子さん、怒《おこ》るだろうなあ。里見くんも」

「今度で絶対決めるから」

ただでさえ他の仕事が押しているのに、これ以上時間を割《さ》く気かと、迷惑を被《こうむ》る二人が激怒《げきど》するのは目に見えている。報告する前から憂鬱《ゆううつ》そうな声で言う柏木に、壱は強く言い切って、顔を上げた。白い顔に浮《う》かぶクマの色は、さっきよりも黒くなっていて、柏木は溜《た》め息を吐《つ》きたくなった。

「…とにかく、今日はゆっくり休んでよ。明日からやろう。さ、帰ろうか」

「……俺、歩いて帰るわ」

「は？」

壱が突然《とつぜん》言い出したことの意味が分からなくて、柏木は首を捻《ひね》る。歩いて帰るって…。口の中で繰《く》り返してから、素《す》っ頓狂《とんきょう》な声を上げた。

「な…何言ってんの！　ここ、新宿だよ？」

「悪いけど、荷物だけ持ってってくれるかな。うち、来るよね？」

「も…勿論《もちろん》だけど…。ちょ…待ってよ、丹野くん。車が嫌なら、せめて電車で…。ここから歩きなんて無理だって」

「もう日も陰《かげ》ってるし、平気。ちょっと考え事したいんだ」

だから、歩いて帰ると言い、壱はさっと立ち上がると、柏木を置いて会議室を出る。丹野くん…と呼びかけて来る柏木の声はもう聞こえなかった。頭の中が色んなもやもやで一杯《いっぱい》になっている。自信をもって、苦労して作り上げたプランにケチをつけられた。しかも、怖《こわ》いくらいに似てる声で。けど、似てるのは声だけだ。あんな態度、有り得ない。そう思うと、最後に見た男の顔が浮かんで来る。「期待してます」なんて、言葉とは正反対なほくそ笑《え》んだ表情で言った、あの男。

絶対、ＯＫと言わせてやる。そんな気合いがむくむくと湧《わ》き上がり始めていた。


考え事をしている時の、壱の歩くスピードは速い。さっさと歩いてビルを出ると、すっかり日は陰っていた。雲が出て来ているせいもあるが、もう四時を過ぎている。それに、壱の頭はすっかり戦闘《せんとう》モードになっていて、日差しを構う余裕《よゆう》もなくなっていた。

早足で歩きながら再考プランを考えると同時に、ケチをつけた男へのむかつきがどんどん大きくなっていった。色が弱いなんて。それをプランの中心と考え、プレゼンの中でも特に重点を置いて説明したのに。聞いてなかったのか、あの野郎《やろう》は。

けれど、今までだって、ふざけるなと思うようなケチをつけるクライアントは幾《いく》らでもいた。今回の要求も想定外というほどのものではない。なのに。こんなに腹が立つのは、偏《ひとえ》にあの男の口調と態度が偉《えら》そうなものだったからだ。

それに。

「……まさか……」

まさか、こんなことって。そんな気持ちが思わず言葉となって口から出ると、壱ははっとして足を止めた。深く息を吐き、今は考えてはならないと自分を制して、落ち着こうとする。こういう時は深呼吸に限る。吐いて、吸って。もう一度息を吐き出すと、併《あわ》せてお腹《なか》がぐうと鳴った。

「……腹…減った…」

体調が悪かったし、プレゼン準備の為に目の回るような忙《いそが》しさだったせいもあって、このところ、まともに食べていない。一度意識してしまうと、空腹が耐《た》えきれなくなってきて、何かないかと辺りを見回す。タイミングよく、斜《なな》め前方にコンビニを見つけ、急いで飛び込んだ。おにぎりと、ペットボトルのお茶を買って、外へ出る。すぐにおにぎりのフィルムを剝《む》き、むしゃむしゃ食べた。勢いよく食べ終えると、お茶を半分ほど飲んで、煙草を取り出す。いつもなら、緊張《きんちょう》から解き放たれると同時に吸うのに、衝撃《しょうげき》が色々ありすぎて、すっかり忘れていた。

何時間振《ぶ》りかの煙草《たばこ》は特に美味《おい》しく感じて、ゆっくりと一本、吸い終えてから再び歩き始める。本当は歩きながらも吸いたいところなのだけど、人に迷惑をかける訳にはいかない。壱は眉間《みけん》に皺《しわ》を刻み、ぶつぶつと独り言を呟きつつ、黙々《もくもく》と歩く。

「…色が弱いだと…？ ふざけるなよ。人がどれだけ考えてあの色に決めたと思ってやがる」

一人でひたすら歩くのは、考え事をするのにはぴったりで、その距離《きょり》は長い方がいい。難しい顔で腕組《うでぐ》みをして早足で歩く壱は、行き交《か》う人を恐《おそ》れさせる程、緊迫《きんぱく》した空気の漂《ただよ》う姿だった。前方から来る通行人がさっと避《よ》けて行くのも気付かず、壱はひたすら歩き続ける。

とにかく、あの男をぎゃふんと言わせるような、再考案を出さなくてはいけない。けど、カラーはやっぱり変えたくない。そこをどうやって納得させるか。あの嫌みたらしい男は何を出してもノーと言うのではないか。安藤たちが言ったような疑いは壱も抱《いだ》いていた。

これ以上努力しても無駄《むだ》なのかもしれないという恐れを抱きながらも、負けられないという思いの方が強かった。もう、勝てないコンペなのかもしれないが、せめて自分で納得《なっとく》出来る形で終わらせないと。

「ああいうのに限って、超趣味《ちょうしゅみ》悪いんだ。どうせ……」

頭の中でプランを再構築する間も、どうしても男に対しての腹立ちが大きくなって来る。そして、むかつくと、何故《なぜ》か。

「……くそう。腹減る…」

再び腹の音がぐうと鳴り、壱はコンビニに入っておにぎりを買った。そして、煙草を一服。

結局、壱は砧の事務所に着く迄《まで》の間、おにぎりを三個も食べた。


新宿から世田谷の外れまで。おにぎりと煙草で休憩《きゅうけい》しながらてくてく歩いて、壱が事務所へ辿《たど》り着いた時にはすっかり日も落ち、真っ暗になっていた。壱が「ただいま」と言って引き戸を開けると、先に着いていた柏木がオーバーリアクションで出迎《でむか》えてくれた。

「丹野く〜ん！　よかった〜。無事に着いて…。すっごい心配してたんだよ〜。携帯《けいたい》も持っていかなかっただろ？」

「…あ、そうだった。ごめん。全然気にしてなかった」

泣き出しそうな柏木と共に飛び出して来たクロをしゃがんで撫《な》でていると、綾子と里見が遅《おく》れて出て来る。二人の顔には気遣うような色があって、壱は苦笑を浮かべた。

「丹野、大丈夫？」

「壱さん、なんか食べました？」

体調を心配する綾子と里見が、柏木から「あのこと」を聞いたのだとすぐに分かった。再考案を求めて来た、嫌な奴《やつ》の声がとても似ていたのだと。そうでなければ、まず、「残念でしたね」「再考案、どうするの？」といった、再プレゼンを心配する台詞《せりふ》が出て来る筈《はず》だ。壱は二人に心配をかけないようにと、クロの頭を撫でてから、勢いをつけて立ち上がった。

「…大丈夫《だいじょうぶ》だよ。帰って来る途中《とちゅう》、おにぎり、三個食べた」

「壱さんが三個も？」

「なんか、腹立つと、腹減るんだな。とにかくむかつく男でさ。…ね、柏木さん」

「あ…ああ…」

微妙《びみょう》な雰囲気《ふんいき》を壊《こわ》すように、声を強くして言ってみたが、三人の顔色は変わらなくて。壱は苦笑を深めて、はっきりと言うしかなくなった。

「本当に平気だから。声が似てるってだけで、顔は全然違《ちが》うし。ちょっと驚《おどろ》いただけだよ。それに少し話しただけだけど、性格なんか全く違うって。百八十度どころか、三百六十度違うね」

「…それじゃ、元《もと》に戻るじゃないの」

「あ…そうか」

呆《あき》れた顔で指摘《してき》する綾子に、壱は困った顔で他の言葉を探す。そんな彼を見て、綾子は肩《かた》を竦《すく》めて、その話をお開きにするよう、話題を切り替《か》えた。

「分かった。あんたが平気ならいいわ。…で、どうするの。考え、まとまった？」

「いや。やっぱ、メインは変更《へんこう》したくないんだよね。どうしたもんかなと思って」

「こんな時にすみませんが、壱さん。河合《かわい》さんからの依頼《いらい》のやつ、どうなってます？　問い合わせ来てますよ。今日の昼に貰《もら》う筈だったって」

「…う。……すぐにやる…」

事務所に戻って来れば、急ぎの仕事だらけだ。特に今は締《し》め切りが集中している時期でもある。状況《じょうきょう》を見て、柏木はまた来ると言い残し、帰って行った。それから、壱は他の仕事に追われ、一段落したのは、明け方近くだった。

綾子と里見が使っているワーキングルームの奥には、壱が専用に使っている個室がある。十畳《じょう》程の部屋には三十インチもある大きなモニターが置かれた作業机が中央にあり、その背後の壁《かべ》に沿うようにしてソファが設《しつら》えられている。壱の仮眠《かみん》用に購入《こうにゅう》したソファは、彼よりもクロが使っている頻度《ひんど》の方が高い。壱の作業中、クロは大抵《たいてい》、そこで彼を見張るようにして丸まっている。

間もなく夜が明けるような時刻。お腹を出して仰《あお》向《む》けになって寝《ね》息《いき》を立てていたクロが、さっと姿勢を正す気配を感じると同時に、綾子の声が聞こえた。

「丹野。里見が買い物行くって言ってるけど、何かいる？」

「…いや。そっちはもう終わりそう？」

「終わりが見えない感じだから、一旦《いったん》、上がって出直そうかって話したんだけど…」

「じゃ、俺も一緒《いっしょ》に上がる。一度、家に帰るよ。…あ、里見に煙草、買って来てもらって」

「了解《りょうかい》」

短く返事して、綾子は戻って行く。三人だけの小さな事務所には決まった勤務時間なんてなくて、その日の仕事次第《しだい》で、始まる時間も終わる時間も決まる。しかし、常に締め切りが複数重なっている現状では、全員がほぼ毎日、朝方に事務所を出て、昼過ぎには戻って来るというハードな勤務状態だった。

中でも一番忙しい壱は、自宅に帰ることなく、ソファで仮眠を取るだけということも多い。彼の健康を皆《みな》が心配しているけれど、壱自身は全く無頓着《むとんちやく》だ。

「…うー…目がしょぼしょぼ……。なんか疲《つか》れたなあ……」

「あんた、プレゼンの後、歩いて帰って来たの、忘れてるでしょ」

「…あ、そうだった」

自分の仕事部屋からクロと一緒に出て来た壱が呟《つぶや》くのに、綾子は眉《まゆ》を顰《ひそ》めて突《つ》っ込みを入れる。猫背《ねこぜ》でよろよろ歩き、どさりと音を立てて来客用のソファに寝転《ねころ》がる壱に、席を立った綾子は壁際《かべぎわ》に置かれた冷蔵庫からビールを出して渡《わた》した。

「はい」

「お、なに？　サービスいいじゃん」

「再プレゼン祝いよ」

「厳しいなあ、梨本は」

笑って肩を竦め、ビールを受け取った壱はプルトップを開ける。自分の席に戻った綾子は、缶《かん》に口をつける壱に、何気ない口調で聞いた。

「ショック、引きずってない？」

「…うん。嫌《いや》な奴でよかった」

「なに、それ」

「むかつく相手だと、有り得ないって思えるじゃん。いい人だったらせつないよ」

せつない、と言う壱の声音《こわね》に、綾子は痛々しい匂《にお》いを感じて、煙草に手を伸《の》ばす。いい加減吸い過ぎだから、節制しなくてはと思うのに、火をつけてしまう。

「…安藤専務とか松田さんは気付いたんだけど、児島とか頼子ちゃんとか、分からないんだ。二人とも、音さんが死んだ後に東海林デザインに入ってるんだから、当然なんだけどさ…。それを見て、凄《すご》く時間が経ってるんだなって実感した。……俺には…昨日のことみたいなんだけど…」

「私もそうだよ。何年経《た》とうが、頭から消えないよ」

「……」

即座《そくざ》に応えた綾子を見ると、彼女は咥《くわ》え煙草でモニターを睨《にら》んでいた。自分を見ていないのには理由があるのだと知っている。お互《たが》いの中にある哀《かな》しさが同調しないように。賢《かしこ》い判断だなと思って、壱はビールを飲んだ。

「…梨本」

「なに」

「再プレゼン、どうなるか分からないけど、終わったら、ちょっと……消えるかもしれない」

「分かってる。本当は今日何とかなってたら、早く休めたのにね。再プレゼンが…五日後だったら、それから三日しかないね。大丈夫なの？　天気予報見てたら、ずっと晴れるみたいだし。

私と里見で何とかするからとにかく無理しないでよ。エリエゼルだって、もう諦《あきら》めてもいいんだからね」

「えー…俺、これはやりたいからさ。ていうか、あの野郎《やろう》をぎゃふんと言わせたい」

「ぎゃふんて、あんた…」

綾子が冷めた目を壱に向けようとした時、里見の声が「ただいま」と言うのが聞こえて来た。クロが素早く飛んで行く。ビールと一緒に何か食べなよ…と、厳しい顔で命じて来る綾子に、壱は曖昧《あいまい》な笑《え》みを浮《う》かべて、残っていたビールをさっさと飲み干した。

壱はヘヴィスモーカーだけど、酒には強くない。勢いでビールを一缶、飲み干したが、疲れていたせいもあって、ふらふらになってしまった。綾子たちに先に帰ると告げ、千鳥足でクロを連れ、自宅に戻った。酔《よ》いに任せて爆睡《ばくすい》し、起きたら、午後四時を過ぎていた。

「…うそ」

こんなに眠《ねむ》るつもりはなかったのに。慌《あわ》てて飛び起き、シャワーを浴びて、部屋を飛び出る。自宅マンションは事務所から歩いて五分の場所にあるのだが、走れば三分だ。しかし、夕方になっても残っている太陽の日差しが壱の行動に制限をかける。

「うう……もう四時なのに明るい…」

昨日は同じような時間、黙々《もくもく》と歩いていられたのに。曇《くも》っていたせいもあるが、怒《いか》りのパワーというのは凄いものだと思いつつ、よろよろとクロに引かれるようにして事務所へ向かった。

やっとのことで事務所へ辿《たど》り着き、玄関《げんかん》であるアルミの引き戸を開けた途端《とたん》、クロがさっと姿勢を正す。

「クロ？」

ぴんと尻尾《しっぽ》を立て、目を輝《かがや》かせたクロはリードを外されると、自分で引き戸を開けて、ワーキングルームへと飛び込んで行った。クロが喜ぶような客でも来ているのだろうかと、心当たりを頭に思い浮かべながら後を付いて行くと、どきりとするような声が聞こえて来る。

「わ…っ…お…おい。分かった、分かったから」

「ちょっと、駄目《だめ》よ。汚《よご》れるから…」

「いいです。俺も犬は大好きなんで…」

これは……。昨日聞いたばかりの…そして、かつては毎日聞いていた、彼の声にとてもよく似たこの声は…。

慌てて駆《か》け付けた壱は、ソファでクロにじゃれつかれている男を見て、思わず高い声で叫《さけ》んでいた。

「な…なんで…!?」

そこにいたのは昨日、散々腹を立てさせられた男だった。最終プレゼンの責任者として再考を要求して来た憎《にく》らしい相手。それがどうしてここにいるのか。困惑《こんわく》した表情で立ち尽《つ》くす壱に、里見が走り寄って事情を説明する。

「…それがですね。一時間ほど前、突然《とつぜん》、訪ねて来られたんですよ。壱さんに会いたいって」

「で？」

「いつ来るか分からないし、こっちから連絡《れんらく》も取れないんで、お引き取り下さいって綾子さんが言ったんですけど、来る予定があるなら待たせて貰《もら》うって」

つまり強引に押しかけて来て、居座ってる訳か。一体、どういうつもりなのかは本人に聞かないと分からないだろう。壱の頭の中ではすっかり、敵として位置づけられている相手である。理解出来ない行動に内心で憤慨《ふんがい》していると、里見に続いて綾子がささっと寄って来た。真剣《しんけん》な表情で声を潜《ひそ》め、尋《たず》ねてくる。

「ちょっと、丹野。アレが嫌な奴《やつ》？」

「ああ」

「どうして？　いい男じゃない？」

「……」

本気かと疑うような綾子の発言だったが、確かに、客観的に見れば容姿のいい男だ。通りすがりでも、目を惹《ひ》かれるような存在に違《ちが》いない。堂々とした長身はバランスの取れたもので、足もすらりと長い。そして、すっきりと整った顔立ちは女性が好みそうなもので、賢そうな瞳《ひとみ》もあわせて、彼の魅力《みりょく》を確固たるものにしている。

しかし、しかしだ。壱にとって、男の容貌《ようぼう》などどうでもいい問題だった。信じられない気分で綾子を見返す。

「あのな。いい男とか、そういう問題じゃないだろ?」

「あんたが散々に言うから、どんな嫌なオヤジかと想像してたのに、全然違うんだもの。声ですぐに分かったんだけど」

綾子の言葉を聞いた壱が困惑して眉を顰めると、里見が男から受け取ったという名刺《めいし》を差し出して来た。

「…High Coat Co. の灰田《はいだ》織永《おりえ》さんだそうですが…」

「……」

渡された名刺を見ながら、壱は更《さら》に顔を顰《しか》めた。ハイダオリエという名前はプレゼンの出席者リストにもあった。こんな字を書くのかと思ってから、鼻先で息を吐《は》く。

デザイナーとして初めて受け取る名刺のデザインはいつも気になるものなのだが、里見から渡されたそれはフォントもポイント数も、文字の配置も。壱にとっては実につまらないと感じられるものだった。なんだ、これ。人のデザインにケチをつけた癖《くせ》に、ロクでもないデザインの名刺を使ってやがると、むかつきが甦《よみがえ》る。

幾《いく》ら容姿がよくても、趣味《しゅみ》が悪くては価値が下がるというものだ。壱は名刺を里見へ戻《もど》し、男…灰田にじゃれついているクロを呼んだ。

「クロ。やめなさい。お客さんだ」

頻《しき》りに灰田の匂いを嗅《か》いでいたクロは、壱の声に反応して振《ふ》り返る。ぶんぶんと千切れんばかりに振っていた尻尾の動きを緩《ゆる》めるクロを見て、壱は内心で溜《た》め息を吐いた。クロが駆け込んで行った訳も分かる。

自分には聞こえなかったけれど、灰田の話し声が耳に入ったのだろう。犬の方がずっと、耳がいい。びっくりして、誤解して、飛んで行ったのだ。クロの一番、大好きだった相手だと思って。

「気にしなくていい。俺、犬は好きなんだ」

壱の複雑な心中をよそに、灰田は軽い口調でそう言うと、クロの頭を撫《な》でる。

「クロっていうのか」

笑って、灰田が「クロ」と名前を呼ぶと、クロはまた尻尾を激しく振り始めた。嬉《うれ》しそうにはしゃぐ姿は、壱だけでなく、綾子と里見も困惑させるもので。灰田は部屋に流れる微妙《びみょう》な雰《ふん》囲気《いき》を察し、不思議そうな顔で理由を聞いた。

「…何か？」

「……そう聞きたいのはこっちです」

灰田に事情を説明するつもりはなくて、壱は鼻息を吐いてから、言い返した。つかつかとソファの前まで歩いて行くと、腕組《うでぐ》みをして座っている灰田を見下ろす。昨日、プレゼン会場で見た時と同じようなスーツ姿は、デザイン事務所特有の、フリーな空気に似合わない硬《かた》さが感じられる。

「どういうつもりなんですか？」

「どういうって？」

「どうして突然訪ねて来られたのか、訳を聞くのは当然でしょう」

冷たい口調で言う壱に、灰田は少し考える素振《そぶ》りを見せた。長い指で顎《あご》を押さえ、自分の膝《ひざ》に顎を乗せているクロをちらりと見てから、壱に視線を向ける。

「どんな奴なのか、興味が湧《わ》いて」

「は？」

「自信があるからここに立ってます、なんて、クライアントを前にして言い切れる人間を初めて見たから」

「……」

皮肉っぽい笑みを浮かべて言う灰田を、壱は目を見開いて睨《にら》み付ける。その背後で、綾子と里見は揃《そろ》って天井《てんじょう》を見上げ、溜め息を吐いた。どんなやり取りがあって、壱がそんな傲慢《ごうまん》な台詞《せりふ》を吐いたのか。壱と共に「丹野事務所」という看板を掲《かか》げた、運命共同体である綾子と、そこへ望んで就職した里見には簡単に想像がつく。やはり、何を置いてもプレゼンに付いて行くのだったと、反省してしまう。

壱は自分の仕事に絶大なプライドを持っている。自信の持てる仕事しか、外に出さない。だからこそ、若い頃《ころ》はクライアントや発注相手と揉《も》めたことが多々あった。最近は壱が大人になったのと、彼の名前が売れたお陰《かげ》でトラブルは減ったのだが、今回は依頼《いらい》された仕事ではなく、こちらから参加したコンペティションなのだ。有り得ない話だと、悲観的な気分になる。

丹野、と小声で名前を呼び、綾子はTシャツを引っ張って、灰田を睨んでいる壱を引き寄せた。

「再考になったのって、あんたがトラブル起こしたせいじゃないでしょうね？」

「違うって。向こうがいちゃもんつけてきたからさ」

　幾ら小声といっても、すぐ目の前にいるのだから、嫌でも伝わってしまう。灰田に「聞こえてる」と指摘《してき》され、壱と綾子は引きつった顔で彼を振り返った。

「俺は『いちゃもん』つけたつもりはない。自分の意見を言ったまでだ」

「……っ…だから、それがいちゃもんだって…」

「丹野！」

「壱さん！」

　かっとなって言い返そうとする壱を、綾子と里見は力尽《ちからず》くで止める。なんたって、相手はクライアント様なのだ。それが黒でも白だと、その前でだけでも言うべきなのである。壱を里見に任せ、綾子は愛想《あいそ》笑いを浮《う》かべて灰田に頭を下げた。

「すみません。ちょっと熱くなりやすいタイプなものですから。悪気はないんです。許してやって下さい」

「いえ。気にしてませんから。本人がどういう人間であろうと、俺が見るのは仕事だけです」

「お前、それは一言余分なんじゃないのか!?」

「壱さんってば！」

　綾子にはにっこり微笑《ほほえ》み、丁寧《ていねい》な口調で返す灰田の態度が気に入らなくて、壱は里見を押し退《の》けて言い返す。背後から聞こえる声に、綾子は笑みを浮かべた顔を引きつらせた。クライアントに「お前」なんて。こりゃ駄目《だめ》だ…と溜め息が漏《も》れるのだが。

「本当に彼は面白《おもしろ》いですね。『お前』と呼ばれたのは、恐《おそ》らく、小学生以来です」

「も…申し訳ありません…」

穴があったら入りたい気分で謝る綾子に、灰田は「とんでもない」と首を横に振った。

「面白そうだと思ったから、訪ねて来たんです。あなたに謝って頂くことではありませんよ。……失礼」

綾子ににこやかに返していた灰田は、途中《とちゅう》で詫《わ》びて、スーツのポケットから携帯《けいたい》を取り出した。メールを見ると、微《かす》かに表情を曇《くも》らせる。

「すみません。急用が入ったので帰ります」

灰田は残念そうに言うのだけど、彼がやって来たこと自体、理解出来ない壱たちにしてみれば、謝られる理由が見つからない。怪訝《けげん》な視線を向けられているのに気付いていない様子の灰田は、自分の側《そば》を離《はな》れないクロの頭を愛《いと》おしげに撫でた。

「クロ、またな」

しかも、「またな」？　その台詞はなんだと、壱が突《つ》っ込みかけるのを里見が止める。余計な発言で自らの首を絞《し》めるのは壱の方だ。これ以上、反論させる訳にはいかない。携帯を仕舞《しま》って立ち上がった灰田は、里見に羽交《はが》い締《じ》めにされ、口を塞《ふさ》がれている壱の前に立つ。

「周囲の人間に恵《めぐ》まれてるんだな。『お前』は」

「……っ……」

にやりと笑い、灰田は嫌《いや》みっぽく最後に「お前」という言葉を付け加える。フンガーと荒《あら》い鼻息を吐き出す壱を満足げに見てから、出口へと向かった。その背中が引き戸によって消えると、里見は押さえつけていた壱を解放する。

「な…何しに来たんだ、あの野郎《やろう》！」

「だから、壱さん。クライアントに『あの野郎』とかまずいですって。それに別に嫌な感じの人じゃないじゃないですか」

「そうだよ。あんな紳士《しんし》な人にそういう怒《おこ》り方しないの。プレゼンの件は、向こうだって仕事だもの。仕方ないわよ」

「紳士？　あれの何処《どこ》が？　唇《くちびる》の端《はじ》っこ、こーんなに上げてたぜ？　なあ、クロ！」

綾子と里見の同意が求められず、クロに話しかけた壱は、その姿が自分の側にないのに気付き、辺りを見回した。いつもクロは自分の足下《あしもと》にいる筈《はず》なのに。おかしい…と捜《さが》すと、クロは玄関《げんかん》へと続く引き戸の前でじっと佇《たたず》んでいた。出て行った灰田を追いかけたいとでもいうように。

クロまで灰田の味方なのか。壱ががくりと項垂《うなだ》れると、遅《おく》れて気付いたクロが、たたたと走り寄って来る。申し訳ないというように、耳を下げて顔を覗《のぞ》き込んでくる無邪気《むじゃき》なクロに、壱は情けない気分で唇を突き出してみせた。

灰田が突然《とつぜん》訪ねて来た理由は謎《なぞ》のままだった。コンペでプランが採用された後ならまだしも、再プレゼンとなったのだ。そして、それを決めたのは灰田である。壱のデザインに感銘《かんめい》を受けたというような相手であれば、事務所まで訪ねて来るのも納得《なっとく》がいくが、灰田は正反対の立場にある。

事務所までわざわざやって来るくらいなら、プレゼンを通してくれりゃいいのにと、灰田への文句を散々口にして、壱は仕事に取りかかった。再考案も早く目処《めど》をつけなくてはいけなかったが、他の仕事が山積みで、それだけに集中することは出来ない。夜通し仕事した後も、朝方、自宅に帰るという綾子と里見を見送って、一人事務所に残った。しかし、外が明るくなって来ると、室内に入り込む太陽の日差しのせいで身体《からだ》が弱って来る。十時過ぎになって、壱は仮眠《かみん》する為《ため》に、ソファで毛布を頭から被《かぶ》った。

壱がソファで眠《ねむ》る時、クロは必ず、その前の床《ゆか》で彼を守るようにして丸まる。何時間か眠った後、クロが立ち上がる気配で壱はなんとなく目を覚ました。綾子か里見が来たので迎《むか》えに行ったのだろう。そろそろ起きるか。何時なんだろう。そんなことをうつらうつら考えながらも、壱は目を閉じたまま横になっていた。

そうしてる内に、再び寝入《ねい》ってしまう。すーと寝息を立て、夢の中に入っていった壱が次に気付いたのは誰《だれ》かの話し声だった。

「わ…びっくりした。え？　どうして…？」

「訪ねて来たら、寝ていたんで、起きるのを待ってるんだ」

「え…いつから？」

「一時間…ほどになるかな」

「そんなに？　起こしてくれれば……壱さん、すぐに起きますよ」

「いや、悪いかなと思って」

里見と音さんが話しているのか。耳にした声で判断した壱は、はっとして目を開けた。有り得ない。里見は音さんに会ったこともないのに。飛び起きて見た先には、里見と…灰田がいた。

「っ…な……なんでっ…!?」

「あ、起きた」

「ほらね」

壱さん、眠り浅いから。なんて、説明する里見に、そうなのかと鷹揚《おうよう》に頷《うなず》く灰田を見ながら、壱はぶるぶると首を振《ふ》る。寝起きで頭がはっきりしないけれど、灰田が目の前にいるのは確かだ。昨日に引き続き、灰田がやって来た意味が分からなくて…いや、昨日よりも更《さら》に分からなくなって、壱は掠《かす》れた声で問いかけた。

「ど…うしてここにいるんだ？　何しに来た？」

「何しにって…。昨日、ゆっくり出来なかったから」

「ゆっくりって…っ…ゲホッ…」

「起きたばかりでそんなに大きな声を出すからだ。水でも飲んだらどうだ」

「そうじゃ…ねえだろ?」

とにかく、灰田との会話は噛《か》み合わない。からかわれている気分になって眉《まゆ》を顰《ひそ》める壱を里見が諭《さと》す。

「まあまあ、壱さん。コーヒーでも入れますから。灰田さんもどうぞ」

「ありがとう」

灰田を歓待《かんたい》しているような里見の態度が解せないが、嬉《うれ》しそうに灰田の横に付き添《そ》って行くクロも理解出来ない。裏切られた気分になって呆然《ぼうぜん》としてしまう。いつもだったら、クロは寝起きの自分の様子を窺《うかが》って、散歩に連れて行って貰《もら》えるのかと期待に満ちた目を向けて来るのに。

最近、日差しのせいで昼間、散歩に連れて行ってないから、最初から諦《あきら》めているのだろうか。それより。灰田の声が原因で、彼に懐《なつ》いているという可能性の方がずっと高くて、壱は苦い気分で深く息を吐《は》いた。クロは俺より、音さんにうんと懐いていたから。そんなことを言葉にして思うと、苦しさが増して、嫌な思いを断ち切るようにソファから勢いよく立ち上がる。

とにかく、今日こそ灰田の真意を聞かなくてはいけない。どういう目的があるのか。鼻息荒く自分の部屋を出た壱だったが、仕事部屋に差し込んでいる燦々《さんさん》とした日差しに、一発でノックアウトされる。

「…っ……う…里見。眩《まぶ》しい……」

立ちくらみを覚えて、壱はその場に座り込むと、弱々しい声で里見の名を呼んだ。しかし、返ってきたのは聞く度《たび》に複雑な気分になる灰田の声だった。

「どうした？」

「……」

「大丈夫《だいじょうぶ》か？　低血圧とかか？」

心配げに尋《たず》ねながら、灰田がクロと一緒《いっしょ》に近付いて来る。壱が俯《うつむ》いたまま、「里見は？」と聞くと、コーヒーを入れに行ったという返事がある。敵対心を抱《いだ》いている灰田に弱みを見せるのは嫌だったのだが、里見を呼ぶよりも早いだろうと思い、壱は渋々頼《しぶしぶたの》みを口にした。

「……窓のロールスクリーンを全部閉めてくれ」

「ロールスクリーンを…全部か？」

「…眩しいのが苦手なんだ」

ぼそりと呟《つぶや》かれた壱の言葉を聞くと、灰田はすぐに窓際へと向かった。庭に面して連なる窓に据《す》え付けられているロールスクリーンを全《すべ》て下ろしていく。遮光《しゃこう》性の高い生地が覆《おお》うことによって部屋が一気に暗くなる。壱はほっとした気分で、手近にあった机に寄りかかるようにして立ち上がった。

「悪い。ありがとう」

「…そう言えば…。プレゼン会場でもブラインドが下ろされていたな。目でも悪いのか？」

「……」

いや、と首を横に振っただけで、壱は理由を答えなかった。心配して近付いて来たクロの頭を撫《な》でていると、里見がマグカップを載《の》せたお盆《ぼん》を手に戻《もど》って来る。

「あ、すみません。灰田さんが閉めてくれました？」

「ああ」

「壱さんが出て来るから閉めなきゃと思って忘れてました。壱さん、大丈夫ですか？」

ああ…と無愛想に頷くと、壱は里見から受け取ったマグカップを手に、ソファへ腰掛《こしか》けた。

行儀《ぎょうぎ》のよくない壱がそこを陣取《じんど》ってしまうと、客である灰田に勧《すす》める場所がない。里見が渋《しぶ》い顔で文句を言いかけると、灰田がそれを制した。

「俺はこっちでいいから」

そう言って、灰田はデスク近くの椅子《いす》を引き、腰掛ける。里見に礼を言って、コーヒーに口をつけるところも、全て、綾子の言う通り「紳士」な態度である。自分の分が悪いような気がしつつも、壱は灰田に厳しい目を向ける。

「…それで、何の用だよ？」

最初は敬語を使うよう心がけていたものの、灰田に対する敵対心めいた感情が大きくて、つい対等な口をきいていた。自分の家も同然の事務所にいるせいもある。ここは気を遣《つか》わなくてはならないプレゼン会場でもないし、どういう人間であろうと仕事を見る、と言ったのは灰田の方だ。

そんな壱の態度に、灰田は何ら不満を持っている様子でもなく、さらりと返した。

「別に」

「なに？」

「取り立てて用はない」

「はあ？」

平然と言い切る灰田に、壱は柳眉《りゅうび》を上げる。昨日も灰田が突然訪ねて来た意味が分からなかったが、彼の答えは不可解さを深めるものだった。用もないのに訪ねて来られるような間柄《あいだがら》では、決してないのだ。

「用もないのにどうして来るんだ？」

「いや…だから、興味が湧《わ》いて」

「興味って……どういう？」

「こういう自信満々な偉《えら》そうな奴《やつ》と仕事してるのって、大変だろうな、どんな職場で働いてるのかなって興味を持ったんだ。純粋《じゅんすい》な好奇《こうき》心だよ。来てみたら、想像と全然違《ちが》ってびっくりした。もっと、ギスギスしてる職場を想像していたんだが、凄《すご》くいい建物だし、庭はあるし、緑は濃《こ》いし、犬はいるし」

「…俺だけギスギスしてるって言いたいのか？」

「そうなるかな」

首を傾《かし》げる灰田に、壱が「ふざけるな！」と怒鳴《どな》った時だ。慌《あわ》てた顔の綾子が入って来た。

「丹野、何大声出してるのよ？……あら。灰田さん？」

「こんにちは。お邪魔《じゃま》してます」

「やだ。丹野、また灰田さんに怒《おこ》ってたの？　すみません、本当に。これでも少しはマシになったんですが、とにかく怒りっぽいので…」

「え。これでマシなんですか？　苦労してらっしゃいますね」

そうなんですよ…と答える綾子に、里見がコーヒーを飲むかと尋ねる。クロも含《ふく》め、灰田に対して皆《みな》が好意的だった。和気藹々《わきあいあい》とした雰囲気《ふんいき》から外れているのは自分だけだと気付いた壱は、どうしても納得《なっとく》がいかなくて、ぼさぼさの頭をぶんぶんと振り乱《みだ》す。

「ちょっと待て！　おかしいぞ？　こいつがここにいるのをどうして梨本も里見も容認してるんだよ？　何の関係もない奴じゃないか」

「え？　いいじゃないの。別に」

「そうですよ。全く知らない相手じゃないんですから。これからお世話になる方ですよ」

「…っ」

自分の言ってることの方が正しい筈《はず》なのに、同意を得られなくて、壱は眉間《みけん》の皺《しわ》を深くして立ち上がった。そのまま「フン」という鼻息を残して自分の仕事部屋へと向かう。灰田がやって来るのは勝手だが、相手をする義務はない。いや、仕事上、あるのかもしれないが、そんなつもりは毛頭ないと、部屋に入り、勢いよく引き戸を閉めた。

椅子に乱暴に腰掛け、休止モードになっていたパソコンを立ち上げると同時に、戸が開く気配がした。ひたひたという小さな足音はクロのもので、視線を下に向けると、何処《どこ》かすまなさそうな顔のクロがいた。

「…なんだよ……」

お前もあいつがいいんだろ？　そんな大人げない台詞《せりふ》を吐こうとして、すんでのところで踏《ふ》み止《とど》まった。それじゃ八つ当たりだ。壱は大きな溜《た》め息を吐いてクロの方へ身体《からだ》を向けると、目の前にお座りしたクロの顔を両手で挟《はさ》む。

「…ごめん」

言葉にはしなかったけれど、苛《いら》ついた気持ちは伝わったに違いない。後悔《こうかい》して謝る壱に、クロはくんくんと匂《にお》いを嗅《か》いで、労《いたわ》るような仕草を見せる。犬まで気遣《きづか》わせてしまうなんて。やっぱり自分は飼い主に相応《ふさわ》しくないと、心から反省していると「いいか？」と聞く声がする。クロがぴくりと耳を反応させる相手。顔を上げると、クロが開けた戸の隙間《すきま》から灰田が顔を覗《のぞ》かせていた。

「…なんだよ？」

用はないと言ったじゃないかと、また大人げないことを言おうとしたのをぐっと堪《こら》える。憮《ぶ》然《ぜん》とした顔で自分を見る壱に、灰田は引き戸をもう少し開けてから、尋ねた。

「そいつを…散歩に連れて行ってもいいか？」

「は？」

どうして…と理由を問う前に、手の中にいたクロがするりと抜《ぬ》け出して灰田のところへ駆《か》けて行く。「さんぽ」という響《ひび》きが何よりも好きなのだ。うそ、ほんとに？　言葉が話せたら、きっとそんな風に言ってるに違いないというような、うきうきな雰囲気でクロは灰田にじゃれつく。

「分かった、分かった。ちょっと待ってくれ。お前のご主人に聞かないと…」

「散歩なんて言うからだよ」

はふはふと落ち着きなく動き回るクロを、ちょっと困った顔で言い聞かせる灰田に呆《あき》れつつ、壱は諦《あきら》め気分で溜め息を吐《つ》いた。一度、喜ばせてしまったクロを、変な意地を張って悲しませるのは可哀想《かわいそう》だ。

「…リードとかの置き場所は里見に聞いてくれ」

「分かった」

無愛想に言う壱に頷《うなず》き、灰田はクロと共に出て行った。戸が閉められると、一気に部屋は静かになる。もしかして相当暇人《ひまじん》なのか？　そんな疑惑《ぎわく》を抱いて、首を捻《ひね》る壱だった。

クロが散歩に出掛《でか》けて行った後、壱は仕事を始めたのだが、作業をしながらも灰田の謎《なぞ》で頭がいっぱいだった。昨日は事務所を訪ねて来たこと自体が不思議だったが、まさか、今日も来るなんて。その上、特に用はないと言い、犬の散歩に出掛けて行った。

「……それに……あいつ、スーツじゃん…」

外は晴れているし、春の日差しが眩《まぶ》しいほどだ。麗《うら》らかな昼下がり、静かな住宅街の中を真っ黒なラブラドールを連れて歩く、スーツ姿の男。しかも、男前。

「シュールだな…」

「何が？」

独り言のつもりで呟《つぶや》いたのに、突然《とつぜん》、声が聞こえたのに驚《おどろ》いて顔を動かすと、いつの間にか綾子が目の前に立っていた。集中してしまうと周りが見えなくなるし、音も耳に入らない。戸が開いたのにも気付いてなくて、ちょっと恥《は》ずかしい気分で綾子に用を聞いた。

「なに？」

「さっき『トスカ』のゲラが来て、一応目を通したんだけど、見てくれる？」

「あ…ああ。分かった」

「それと、柏木さんから電話があって、再考プランどうかなって。手が空きそうだったら丹野と話したいって」

壱が個人で使っている部屋には電話を置いてない。考え事に集中している壱が電話に出ると、ロクでもない結果になると分かっているからだ。重要な連絡《れんらく》を受けても綺麗《きれい》に忘れてしまうので、後から困ったことになる。綾子が差し出す大判の封筒《ふうとう》を受け取りながら、壱は神妙《しんみょう》な顔で彼女を見た。

「…あれのこと、言った？」

「灰田さんのこと？　うん。今から来るって」

「うちへ？」

勿論《もちろん》…と頷く綾子に、壱は小さく息を吐いて「ふうん」と頷いた。灰田は最終選考の責任者だ。柏木にとっては気になる相手だろう。特に自分が営業的な付き合いを苦手としているのをよく知っているし、プレゼンでの一件を考えても、心配して飛んで来るというのが本当のところだろうと思い、なんだか申し訳ない気分になる。

「で、何がシュールなの？」

話を戻《もど》す綾子に、壱は封筒の中身を覗きながら、暫《しばら》く黙《だま》っていたのだが、彼女が動こうとしないのを見て、渋々《しぶしぶ》口を開いた。

「スーツ姿で犬の散歩なんてさ。どっから見たって不審者《ふしん》だろ」

「そうねえ。灰田さん、逆立ちしたって営業マンには見えないし。住宅街には不似合いか」

「まだ帰って来てないの？」

「ええ。散歩コースは里見が説明したんだけど…迷ってるのかしら」

灰田とクロが出掛けて行って、既《すで》に三十分以上が経っている。今の季節、昼間の散歩は大抵《たいてい》里見が行くのだが、彼だともう帰って来ている時間だ。

「お天気いいし。のんびりしてるのかも」

「……あいつ。何してるんだろうな」

「何って……だから、その、ハイコートとかって会社の人なんでしょ。不動産デヴェロッパーなの？　若いけど、偉《えら》いんじゃないの。かなり大きなプロジェクトの責任者やってるってことは」

「だったら、仕事は？　昨日も今日も、ウィークデイだぜ？」

「…フレックスなんでしょ」

それにしたって。昼間から用もないのに訪ねて来て、犬の散歩に行くなんて。相当、閑職《かんしょく》にあるとしか思えない。けれど、綾子の言う通り、エリエゼルホテルのプロジェクトは相当の金額が動くビッグプロジェクトである。プレゼンには他にも出席者がいたが、灰田の意向は絶大のようだった。彼の一声であっさり再プレゼンを行うことになったのだ。

そんな重要な地位にある人間が昼間からふらふらしてるものだろうか。首を傾《かし》げる壱に、綾子は興味がないというように肩《かた》を竦《すく》める。

「いいじゃないの。クロも喜んでるし。あの子、音さん派だったから、灰田さんに凄《すご》く懐《なつ》いてるわよ」

「…クロだけじゃないだろ。音さん派は」

「丹野、人気ないものねえ」

からかう綾子をぎろりと睨《にら》みつけると、余計なお喋《しゃべ》りをやめてさっさと部屋を出て行った。一人になると、壱は仕事を再開し、そのまま集中して時間を忘れていたのだが。

「壱さん、柏木さんですけど」

軽いノックと共に里見の声が聞こえて、壱ははっとして顔を上げた。そう言えば、柏木が来ると綾子が言ってたのだと思い出し、椅子《いす》から立ち上がる。ずっと同じ体勢でいた為《ため》、凝《こ》ってしまった肩をこきこき鳴らして、ふらふらと出口へ向かう。戸を開けた先に柏木を見つけてから思い出した。そうだ。

「…あいつは？」

仕事部屋にいたのは、綾子と里見と柏木で、散歩に出掛けた灰田とクロの姿はない。尋《たず》ねる壱に、里見が困った顔で答えた。

「まだ帰って来てないんですよ」

「まだ…って…二時くらいじゃなかったか？　出掛けたの」

時刻はもう四時。二時間も経っている。犬の散歩としては長すぎる。

「今、捜《さが》しに行こうかって話してたのよ。迷ったのかしらって」

「迷うって…迷うようなとこ、ないだろう」

クロの散歩コースは単純なもので、事務所前の道を真っ直《す》ぐ行って、突《つ》き当たりにある公園をぐるりと回って帰って来るだけだ。大人が迷うような経路ではない。それに昨日も今日も、灰田は自ら訪ねて来ているのだから、事務所の場所を十分に把握《はあく》している筈《はず》だった。

けれど、そのコースを外れて遠出してしまったのだとしたら、迷った可能性はある。柏木がやって来るまで、綾子と里見も仕事に夢中になっていて、すっかり灰田とクロが戻ってないのを忘れていた。ちょっと公園まで見に行って来ます…と言って出て行く里見を、壱たちはよろしくと言って見送った。

「けど、どうして彼は丹野くんのところに来たんだろうね？」

三人になると、柏木が不思議そうに壱に尋ねた。理由を知りたいのは壱の方で、困惑《こんわく》した顔で首を横に振《ふ》る。

「分かりませんよ。しかも、特に用はないって言ってましたからね。あいつ」

「た…丹野くん。クライアントの…しかも責任者に『あいつ』なんて言っちゃ駄目《だめ》だよ」

「あ、遅《おそ》い遅い。もう『お前』呼ばわりしてます」

青い顔で注意する柏木に、綾子がショッキングな現実を告げる。柏木は泣き出しそうな顔で壱に「駄目だって」と繰《く》り返した。

「あの…灰田さんだっけ。彼の意向で採否が決まるんだよ？　丹野くんが気に入らないと思うのは分かるけど、ここは穏便《おんびん》に…大人になってよ」

「大人ですって。十分」

「なんかね。灰田さんって紳士《しんし》な人で、丹野の態度の悪さは気にしないって言ってましたよ。あくまで仕事を見るからって」

「本当？　助かるな～」

「だから、何処《どこ》が紳士だっていうの、あれの」

どうもそれは納得《なっとく》がいかないと不満を吐きつつ、灰田の謎について話していると、綾子の携《けい》帯《たい》が鳴った。相手は里見で、自転車で公園を回ってみたのだが、灰田とクロの姿は何処にもないという報告がある。

「…うん…分かった。じゃ、私は砧公園の方へ行ってみる。…うん…連絡するから。よろしく」

電話を切った綾子は、里見と手分けして捜す為に自分も出掛《でか》けると言った。少し行けば多摩《たま》川《がわ》という地理もあって、付近には緑地や公園が多い。仕方なく、壱も自転車で捜索《そうさく》に参加すると申し出た。

「体調、いいの？　丹野くん」

「もう夕方だし…結構、曇《くも》って来てるし…。降り出したりしたら厄介《やっかい》だしさ。柏木さん、悪いけど、留守番しててくれますか？」

「ああ。任せて」

灰田が訪ねて来た頃《ころ》はロールスクリーンを閉め切らないととてもやってられない程の日差しだったけれど、今はスクリーンが上げられていても気にならない程だ。綾子と二人、自転車を用意して外へ出ると、中から見るよりも雲が厚くなっているのだと分かった。

「丹野、無理しなくていいからね」

何かあったら電話して…と言い残し、先に出て行く綾子を見送ってから、壱も自転車で緑地へと向かった。全く余計な世話をかけやがってと、ぼやきながらペダルを踏《ふ》む。何処に行ってしまったのか。きょろきょろしながら暫く走った壱は、ふと、自分が携帯を忘れて来たのに気付いた。

「しまった…」

携帯がなければ、里見や綾子からの連絡が受けられなくなる。しまったと思って、事務所へ引き返した。すると。

ひょいと角を曲がってすぐに気が付いた。事務所の前の道に佇《たたず》み、高く聳《そび》えるソヨゴを見上げている灰田と、その横に座っているクロ。壱が近付く気配に先に気付いたのは勿論、クロで、続いて灰田が顔を向ける。

「お前なあ。いつまで散歩してんだよ」

「ああ…悪い。もしかして、捜してくれてたのか？」

「いつまで経っても帰って来ないから…雨も降り出しそうだし」

「すまない。いい天気だったから、つい遠くまで行ってしまった。曇って来たから戻って来たんだが…」

申し訳ないと重ねて詫《わ》びる灰田に、壱はそれ以上文句が言えなくなる。憎《にく》まれ口の一つでも叩《たた》いてくれれば言い返せるのに、素直に謝られると言いようがなくて。自転車を降りると、側に寄って来たクロの頭を撫《な》でた。

「お前もいい加減、帰ろうって言えよなー。何処まで行ってたんだよ」

「向こうの…公園まで」

「なに、やっぱ砧公園まで行ってたの？　まさか一回りしてきたんじゃないだろうな？」

サイクリングロードもあるような広い公園である。驚《おどろ》いて尋ねる壱に、灰田は全部回った訳じゃない…と首を振った。しかし、公園まででも歩いて行くと結構な距離《きょり》がある。物好きな…と呆《あき》れる壱に、灰田は満足げな表情で礼を言った。

「クロがいたから楽しかった。日本の春はやっぱりいいな。咲《さ》いてる花も、濃《こ》くなる緑も、記《き》憶《おく》の何処かにあって、育った土地なんだって実感出来る」

「…海外、長いのか？」

壱の問いに、灰田は曖昧《あいまい》に笑って「ああ」と答える。敢《あ》えて聞かなかったけれど、今は商用で来ているだけで、日本には住んでいないのだろう。灰田の勤め先は外資系企業《きぎょう》だし、彼の容姿も雰囲気《ふんいき》も、日本人の平均的ビジネスマンからは遠い。

「公園も植物が沢山《たくさん》あってよかったけれど、ここの庭には敵《かな》わないな。こっから見てるだけでも楽しい。色んな木が集中して植わってるから…。なあ、この木はなんていう木だ？」

「これは…ソヨゴだ」

「ソヨゴ…。変わった名前だな」

名前を繰り返して高い木を見上げる灰田に、壱は自分が知っているその名の由来を話した。風に吹《ふ》かれて葉っぱがそよそよと鳴るから、「ソヨゴ」って名前がついたらしいぞ。壱の説明に灰田は興味深げに「そうなのか」と頷《うなず》く。

「……」

真面目《まじめ》な顔で木を眺《なが》めている灰田を見ていたら、壱はどうも疑問に思えて来て、首を捻《ひね》った。不審《ふしん》げな表情で自分を見ている壱に気付いた灰田は、「どうした？」と訳を聞く。

「お前。そんなに植物とかに興味あるのに、どうして俺の色にケチつけんだよ？」

「……」

憮然《ぶぜん》とした顔で聞く壱を、灰田はきょとんとした顔で見返す。言われている意味が分からないというような表情に、壱はむっとして続けた。

「俺の選んだ緑色！」

「…ああ。けど、それは別の話だろう？」

「別じゃねえよ。あれは色んな緑が想像出来るようになって、考えに考えて選んだ色なんだ。葉っぱの緑は季節ごとに色を変えるだろ。外国では街によって緑の色が違《ちが》うし。だから、何処にいてもどんな季節でも、頭に浮《う》かぶような色にしたんだ。植物の緑っていうのは人間の視覚に色濃《いろこ》く残っているものだから…」

「でも、俺はホテルのイメージカラーならもっと強い色の方がいいと思ったんだ」

「エリエゼルは今まで強い色調で主張しまくってきただろ。だから、リニューアルって意味でも長く記憶に残るものの方がいいんだって。だから、ロゴマークやフォントなんかは強い感じのものにしたし、他にも…」

壱としては意図した訳ではないのだが、いつの間にか、灰田相手に自分が提案したプランについて熱く語っていた。プレゼン以外の場でチャンスを得られたというような、下心は全くなかった。そういう気持ちがあるなら、もっと早くに仕事の話を持ち出している。ただ、純粋《じゅんすい》に。自分が考えるプランを情熱的に…そして、如何《いか》にも楽しそうに話す壱を見ている内に、灰田は反論を挟《はさ》まなくなった。

「俺だって、今のプランが完成系だとは思ってない。これから、色々変えて行こうと思っているけど、やっぱりどうしてもメインカラーだけは変えたくないんだ。だから…」

「丹野くん！　灰田さん！」

灰田相手に話すのに夢中になっていた壱は、自分がいる場所も状況《じょうきょう》も忘れてしまっていた。突然《とつぜん》聞こえて来た柏木の声にはっとして顔を向けると、事務所の方から彼が駆《か》けて来るのが見える。建物の中から壱と灰田を見つけた柏木が、慌《あわ》てて飛び出して来たのだった。

柏木は二人の側《そば》まで来ると、丁重に頭を下げた。柏木にとって灰田はプレゼンの決定権を持つ重要なクライアントである。謙《へりくだ》るような態度は当然のものだったのに、壱は戸惑《とまど》いを覚えた。

「お世話になります。東海林デザインの柏木です。灰田さんがいらっしゃってると聞いて、寄らせて貰《もら》いました。何か特別なご要望でもおありでしょうか。でしたら、私の方で承りますので、是非《ぜひ》、お伺《うかが》いしたく…」

「…いえ。そういう訳ではありません」

柏木の申し出を聞くと、灰田はすっと表情を引き締《し》める。それまでも仕事の話をしていたというのに、がらりと空気が変わった気がした。柏木を相手する灰田の顔は自分と話していた時とは全然違うように見える。

プレゼン会場での灰田を思い出させるそれは仕事用の顔なのか。気付いてなかったけれど、事務所を訪ねて来た灰田の顔は、新宿のあのビルで会った時とは違うものだったのだ。そして、さっきまでの灰田も全然違った。クロとの散歩と緑が、表情を緩《ゆる》ませていたに違いない。

「………。…俺、梨本と里見に見つかったって電話してくる。携帯《けいたい》、忘れて来ちゃってさ」

柏木の話を聞いている灰田を見ていたら、なんだか、肩が凝《こ》って来るような気分になって、壱はその場を逃《に》げ出して事務所へと駆け込んだ。ワーキングルームに置いてあった自分の携帯で、綾子と里見に灰田が見つかったと連絡する。携帯を置いて、窓の向こうを見ると、まだ柏木と灰田が話しているのが見えた。ぼんやり眺めながら、ふと、灰田の隣《となり》にいたクロの姿がないのに気付いた。

「…っ…わ。お前も入って来てたのか。足、拭《ふ》かないと、里見に怒《おこ》られるぞ」

辺りを見回した壱は、いつの間にか自分の横にクロがいるのを見て、慌てて足拭き用のタオルを取りに行く。事務所へ逃げ込むようにして入って来たから、クロが付いて来ていたのを知らなかった。散歩帰りの足を、しゃがんで拭いてやりながら、思わず、独り言を呟《つぶや》いていた。

「お前、一緒《いっしょ》に付いてやってたら。なんか、つまんなさそうだよ。あいつ」

話しかけられたクロが不思議そうな瞳《ひとみ》で自分を見るのに、壱は小さく息を吐《は》いて立ち上がった。つまらないだなんて。灰田にとっては仕事なのだから、そんなこと思ってないのだろうが、どうしてもそう思えてしまう。木の名前を聞いた灰田も、自分の話に耳を傾《かたむ》けていた灰田も。そっちの方がきっと、違う彼なのだろうに。


綾子と里見が戻《もど》って来ると、灰田は迷惑《めいわく》をかけたのを詫びて、暇《いとま》を告げた。車で来ていた柏木が送ると申し出たのだが、灰田は断って、一人で事務所を出て行った。

「どうやって帰るんだろうね、灰田さん」

「タクシーとか捕《つか》まえるんじゃねえの」

柏木に引っ張られ、クロと一緒に事務所の玄関《げんかん》まで灰田を見送りに出た壱は、つまらなさそうに答える。綾子と里見がすぐに帰って来たので、柏木の「営業」チャンスはごく短時間で終わってしまい、成果はなかったと、肩を落とす。

「しっかし、どうして丹野くんの事務所を訪ねようと思ったんだろうね？」

「さあ。気紛《きまぐ》れでしょ」

「けど、ついでに寄るっていうような場所じゃないよ。住所はすぐに分かるだろうけど」

灰田の目的については謎《なぞ》のままで、けれど、壱は納得《なっとく》し始めていた。灰田自身が言ったように、最初の動機はちょっと興味を持っただけで、連日やって来たのはなんとなく、なのだろう。特に用はないと言った意味が、事務所の前でクロを連れ、庭を眺めていた灰田を見つけた時に、すとんと胸に落ちるように理解出来た。

「それで、丹野くん。どう？　リテイクの方は…」

「うーん……メインカラーをやっぱり変えたくないからさ。箔《はく》を重ねてみようかと思って…サンプルを発注した。明日には上がって来る筈《はず》だから、柏木さん、夕方に来れる？」

「ああ、大丈夫《だいじょうぶ》だけど、メインカラーを変えるようにってリクエストなんじゃ…」

「それは分かってるけど……取り敢えず、明日、サンプル見てくれないかな」

材料が揃《そろ》ってから話そうと言う壱に頷き、柏木はまた明日連絡《れんらく》すると言って帰って行った。

柏木が帰るとすぐに別の取引先から連絡が入り、慌ただしくなった。綾子から渡《わた》されていたゲラも早急に確認しなくてはならなくて、壱はそのまま、朝まで仕事に追われた。

太陽が沈《しず》んで、昇《のぼ》って。里見と綾子が順番に帰って行った後、壱はソファに倒《たお》れ込むようにして眠《ねむ》った。壱は眠る時、大抵《たいてい》夢を見る。その日、夢に出て来たのは灰田で、クロと散歩している彼の後ろ姿を追い掛《か》けているのだけど、声もかけられないし、追いつかないという、もどかしいものだった。

うなされるまではいかなかったけれど、眉間《みけん》に皺《しわ》を刻んで眠っていた壱は、突然顔に触《ふ》れた冷たい感触《かんしょく》に起こされた。犯人…いや、犯犬は分かっている。そういうことに慣れているから、目も開けずにクロの名前を呼ぼうとしたのだが…。

「駄目《だめ》だ、クロ。寝《ね》てるのを邪魔《じゃま》したら」

「…!?」

すぐ近くで聞こえた声に、壱は驚《おどろ》いて飛び起きる。錯覚《さっかく》してしまいそうなその声色。目を向けると、驚いた顔の灰田が立っていた。

「っ…びっくりした……」

「な…なんで…っ…」

「寝てるかと思ったのに」

「寝てたよ…寝てたけど……」

「本当に眠りが浅いんだな。すまなかった」

感心するように言う灰田を見ながら、壱はどきどきする胸を押さえた。こんなことが前にもなかったか？　前、じゃなくて昨日だ。言いたいことが山積みだけど、寝起きではうまく言葉に出来ない。戸惑う壱に、クロが心配げな表情で鼻先をひっつけて来る。反射的に頭を撫《な》でる壱に、灰田は説明した。

「苦しそうな顔で寝てたから、心配してたんだ。分かるんだな」

「……ああ…うん……」

悪い夢にうなされてると、必ず、クロは舐《な》めて起こしてくれる。それに何度救われたのか、数え切れない程で、壱は小さな声で「ごめんな」とクロに謝ると、改めて灰田を見た。

「それより。お前、また来たのかよ…」

寝起きで掠《かす》れた声で言う壱は呆《あき》れ顔だ。その表情にはバカにしているような色合いも混じっていて、灰田はちょっとむっとした表情になって言い返した。

「そっちこそ、また家に帰らなかったのか？」

「…お前みたいな暇人《ひまじん》じゃないんだよ」

「家に帰るのは普通《ふつう》のことだろう。余程、仕事の段取りが悪いのか、家に帰りたくない理由でもあるんじゃないのか」

「っ！　あのなあっ…俺が家に帰れない程忙《いそが》しいのは、お前のせいもあるんだぞっ⁉」

そっちが再考案を出せなんて言うからじゃないかと、壱は声を大きくして嚙《か》み付く。その反論には灰田も返す言葉はなくて。ごまかすように「ほら」と机の上に置いた紙袋《かみぶくろ》を手に取って渡した。

「俺が訪ねて来た時、丁度、宅配業者の人が来たんだ。適当にサインしておいた」

「……サンキュ」

釈然《しゃくぜん》としない気分だったが、一応、礼を言って受け取った。分厚い紙袋の差出人は、サンプルを発注していた印刷会社で、壱はさっと顔色を変えてソファから飛び下りる。机の上に袋を置き、カッターで封《ふう》を開けると、中身を机の上へ並べていく。

緊張感《きんちょうかん》ある顔は寝起きでぼんやりしていたものとも、からかいに反論していたのとも違《ちが》うものだ。壱は何を見て真剣《しんけん》な顔つきになったのだろうと不思議に思いながら、灰田は机の上を覗《のぞ》き込んだ。

壱が机に広げたのは、エリエゼルの再考案として印刷会社に発注していたサンプル品だった。

「…銀色？」

「あ……ああ。そうだった。お前のとこの仕事じゃん、これ」

腕組《うでぐ》みしてサンプルを睨《にら》んでいた壱は、灰田の声を聞いて、初めて気付いたというような顔で彼を見る。あっけらかんと言い放つ壱は、灰田が採否の権限を持つ責任者だとすっかり忘れていた様子だった。

「売り込むつもりで広げたんじゃないのか？」

「へ？…あー……そういうことか…。ごめん。いつもサンプルが上がって来るのって、俺自身が楽しみなんだ。…うん。思ってたよりいい出来かも。試しに…こういうパターンも作ってみたんだけど、絶対、こっちの方がいいよな。…ほら、こっちはお前の要望通り、濃色で作ったサンプルだ。俺のイチオシの方が確実にいいね。な？」

自信満々に言う壱を、灰田は微妙《びみょう》な目で見てから、机の上に視線を向けた。幾《いく》つか並べられた中で、壱が「イチオシ」だと示すのは、元々のメインカラーであるグリーンの上に、銀色の艶消《つやけ》し箔を加えたサンプルだった。細い箔は繊細《せんさい》で、壱が譲《ゆず》りたくないと言う緑色を邪魔しないものだった。

灰田は敢《あ》えて自分の意見を口にせず、熱っぽく語る壱を見ていた。本当にこの仕事が好きなのだろうなと思わせる情熱が伝わって来る。壱が持つ才能とセンスを倍増させているのは、きっとこの情熱だ。熱心な口調はプレゼンの場でも惹《ひ》き付けられるものだったが、こうして畏《かしこ》まった枠《わく》のない場所で聞くと、更《さら》にその魅力《みりょく》が増す。

滔々《とうとう》と話していた壱だったが、静かに話を聞いている灰田を見て、はっと我に返った。

「…そうだ。こんな話よりも…お前、今日は何しに来たんだよ？」

「…天気がいいから、ここの庭で弁当が食べたいなと思って」

「は？」

灰田から返って来た答えは、考えもしなかったもので、壱は大きく口を開けて聞き返した。

庭で弁当？　一体、何を考えているのかと、呆れていると里見の声が聞こえて来る。

「壱さん、起きてます……って、灰田さん⁉」

「こんにちは」

「こんにちはじゃなくって、今日も来たんですか？」

驚く里見が向ける質問に、壱も激しく同意する。これで三日連続。灰田の考えてることが読めないのは誰《だれ》もが同じだ。

「弁当を持って来たんだ。庭でどうかと思って。昼は食べたか？」

「あっ。あれ、灰田さんが持って来てくれたんですか。えらい豪華《ごうか》な差し入れが来てるなあと思って、壱さんに聞いてから食べようと思って聞きに来たんです。何も食べずに来たんですよ。嬉《うれ》しいです」

里見が「豪華」と口にするのに興味を惹かれ、壱は自分の部屋を出て灰田が持参したという弁当を覗きに行った。灰田が言ったように外は今日も晴天で、燦々《さんさん》と陽光がワーキングルームに差し込んでいる。壱の為《ため》にロールスクリーンを下ろす里見を見てから、灰田ははっと気付いたような顔で隣《となり》にいる壱を見た。

「…そうだ…。それじゃ、庭では食べられないいな」

「…お前、本気で庭で食うつもり？」

ピクニック気分かよ…と突《つ》っ込みながら、壱は部屋から出て、里見と一緒《いっしょ》に大きな紙袋から折りに入った弁当を取り出す。デパートの地下食料品売場で買って来たらしい一流料亭《りょうてい》の折《お》り詰《づ》めは、見た目も豪華で美しく、とても美味《おい》しそうだった。

「やったー！　久々にまともな飯だ。綾子さん、呼びますね」

単純に喜んで携帯《けいたい》を取り出す里見を横目に見てから、壱は灰田に呆れた目を向ける。花見でもする気かと聞きたくなるような弁当は、とても普通の昼食用とは思えない代物《しろもの》だ。

「マジで、お前、何考えてんだよ？」

「皆《みんな》で食べたら美味しいだろうと思って。残念だが、クロの分はないんだ。犬には人間食をやらない方がいいんだよな？」

一緒になって弁当を覗き込んでいるクロに、灰田は申し訳なさそうに言ってから、壱に尋《たず》ねる。確かにクロにはドッグフードしか与《あた》えていないから、「ああ」と頷《うなず》いたものの、問題はそれじゃないと、灰田に重ねて問いかけた。

「…じゃなくて！　お前さ、仕事はいいのかよ？　毎日やって来て…うちにわざわざ飯持って来て食う暇があるなんて、どういう会社なんだよ？」

「……普通の会社だが？」

「普通って……抜《ぬ》け出して来てるにしたって、いつ働いてんだよ？　ていうか、もしかして、お前って仕事干されてるとかなの？」

「……。『お前』と違って有能なんだ」

「…⁉」

俺が無能だと言いたいのかと、憤慨《ふんがい》して噛み付く壱を里見が呑気《のんき》な声で宥《なだ》める。里見も灰田の行動に関しては色々疑問に思うところも多いのだけど、豪華弁当を目にしただけでそれも吹《ふ》っ飛んでしまった。

「まあまあ、いいじゃないですか。壱さん。こんなに立派な差し入れ持って来てくれたんですよ？　とにかく、食べましょうよ」

「ああ。外で食べないか。天気もいいし」

「いいですね。用意します……って、しまった。壱さん、外は駄目《だめ》ですよね？」

「勝手にしろよ！　俺は腹減ってないからいい」

鼻息荒《あら》く言い捨てると、壱は自分の部屋へ戻《もど》った。確かに、今は一番いい時季で、庭には色んな花が咲《さ》き、芝生《しばふ》も色濃《いろこ》くなって来ているから、外で食べたら気持ちがいいだろう。灰田には本気なのかと言ったが、仕事部屋から続くテラスにはテーブルや椅子《いす》も常置してあるので、壱だって、今の季節以外の時は綾子や里見、訪ねて来る来客なんかと外でお茶したり、食事をしたりする。夏の朝や、秋の午後、冬の真昼。季候の良い春に出られないのは残念だが、仕方のない話だと、もう諦《あきら》めている。

自室に入った壱が机に並べた資料を集めながら、煙草《たばこ》を咥《くわ》えると同時に戸が開いた。

「…なに？」

顔を上げると灰田がいた。不機嫌《ふきげん》さを引きずって、乱暴な口調で聞く壱に、灰田は無表情な顔で、ぼそりと呟《つぶや》くように尋ねる。

「起きたばかりだろう？」

「…？　ああ」

起こしたのはお前だろうと言いたい気分で答えると、灰田は続けた。

「本当にお腹《なか》空いてないのか？　中でしか食べられないなら…」

「……。なんだよ。気にしてくれてるのか？」

つまり、自分を気にかけて様子を窺《うかが》いに来たのかと驚《おどろ》いて聞き返すと、灰田はすっと表情を硬《かた》くして答える。

「そういう訳じゃないが…食事はちゃんと摂《と》った方がいい」

負け惜《お》しみみたいな台詞《せりふ》に、壱は目を丸くする。言葉は自分を気遣《きづか》うものだけど、酷《ひど》く不本意そうな顔が誤解を抱《いだ》かせる。けれど、灰田を観察して来たこの数日で色々分かったことがあって、壱は憎《にく》まれ口を返すのをやめた。

「気を遣って貰《もら》って悪いけど、俺、寝起《ねお》きは食べられない質《たち》なんだよ。俺の分があるなら残しておいてくれよ。後で貰う」

「……。分かった」

壱の説明を聞いた灰田は一瞬《いっしゅん》、考える素振《そぶ》りを見せた後、頷いた。音を立てないように、慎《しん》重《ちょう》に引き戸が閉められるのを見ながら、壱は煙草を咥え直して火を点《つ》ける。面白《おもしろ》い奴《やつ》だ。あんな無愛想な顔で人を気遣うなんて。けれど、仕事用の顔よりはずっとマシだと思って、白い煙《けむり》を吐《は》き出した。

最初にプレゼン会場で出会った時の灰田も、昨日、柏木と話していた灰田も。酷く不細工な顔をしていた。あんなに整った顔の男に不細工という言葉は不適当かもしれないけれど、そうとしか言いようがないと、壱は思うのだ。

クロを撫《な》でている灰田や、庭の木を見上げて懐《なつ》かしいと話した灰田や。自分と話をしている時の灰田は、たとえ、口から出るのが嫌《いや》みだとしても、全然いい顔をしている。

「…仕事がつまんないのかね…」

独り言を呟いてから、壱は机の上にサンプルを並べ直して再びチェックを始めた。大体、見終わると、柏木へ連絡《れんらく》を取ろうと思い立った。サンプルが届いたのだから、柏木に早めに来て貰って、打ち合わせを終えてしまおう。電話…と思って自分の携帯を探したが、見当たらなくて、ワーキングルームへ出る為に引き戸を開ける。

「…うっ」

しかし、皆がテラスで食事をしているので、庭に面した窓が全開になっていた。当然、ロールスクリーンも上げられていて、ワーキングルームは光で満ちている。眩《まぶ》しさに弱りながら、壱は里見を呼ぶ為に目を細めてテラスを見た。

「……」

暖かな日差しの降り注ぐテラスで、連絡を受けてやって来た綾子も含《ふく》めた三人が食事をしている。離《はな》れた場所から眺《なが》める様子は長閑《のどか》で気持ちよさそうだ。寒い冬を越《こ》え、厄介《やっかい》な花粉も終息して、間もなく訪れる夏の気配を感じるような春の終わり。日に日に太陽が眩しくなっているけれど、まだ夏のそれとは違《ちが》う。あの日を思い出させるような春の光は壱にとって、もっとも苦手なものだった。心だけでなく、身体《からだ》にもダメージを受けて、どうしても体調を崩《くず》してしまう。

穏《おだ》やかな陽光の下で食事する風景を見ているだけで、悪い思い出が甦《よみがえ》りそうになる。ふらつきかける足下《あしもと》をぐっと踏《ふ》ん張り、息を吸い込んだ。

「里見！　悪い、携帯取って！」

声に気付いた三人が振《ふ》り返るのを見て、そのまま背を向けて部屋の中へ戻った。ふうと息を吐きながら、椅子に座ると同時に、誰かが入って来る気配がする。机上の書類を見ていた壱は

「これでいいか？」

「サンキュ」と礼を言いながら、俯《うつむ》いたまま手だけを差し出した。

「⁉」

てっきり里見だと思っていたのに。驚いて顔を上げると、灰田が携帯を差し出している。

「あ…ああ。悪い」

「いや」

礼を言って受け取った携帯をすぐに開いて柏木に連絡を取った。印刷会社からサンプルが到《とう》着《ちゃく》したので、早めに来られないかという壱の問いに、柏木は二つ返事で「すぐに行くよ」と返して来る。

「…じゃ、一時間後ぐらいかな。…え？　松田さんも一緒？……あー…そうか。そうだよな…。了解《りょうかい》。じゃ、待ってますから。明日の件はまた来た時にでも。…うん…よろしく」

カレンダーを見ながら話を終えた壱は、携帯を閉じて机の上へと置く。代わりに煙草のパッケージを手に取った時、ふと、まだ灰田が部屋にいるのに気付いた。

「…何？」

「いや…」

「飯食ってるんじゃないの？」

もう終わったのか？　と聞く壱に、灰田は曖昧《あいまい》な感じで首を振る。何か言いたげな雰囲気《ふんいき》は伝わって来たが、内容は読めなくて。不思議そうな顔で灰田を見ながら、煙草を引き抜いた。咥えた煙草に火を点ける間も、灰田はじっとその場に立っていたが、暫《しばら》くして静かに口を開いた。

「…俺が…やってやろうか？」

「は？」

「営業とか、経理とか、事務とか。打ち合わせのセッティングも。全部、兼任《けんにん》でやってるんだろう？」

灰田が何を言い出したのか、はっきり理解出来ないまま、壱は「はあ」となまくらに頷いた。確かに、丹野事務所では全《すべ》てが兼任だ。営業は全員が仕事のついでに。経理は主に綾子が。事務はその時々、それぞれが済ませるようにしている。それも三人しかスタッフがいないのだから、仕方のない話で、色々滞《とどこお》りがちなのには全員で目を瞑《つぶ》っている。

しかし、そんなこと灰田に関係ないじゃないか。そう思っていた壱は、彼が言い出したことの意味を分かっていなかった。眉《まゆ》を顰《ひそ》めて煙を吐き出す壱に、灰田はさらりと続ける。

「俺がやってやる。デザインとか、そういうのは出来ないが、それくらいなら出来る」

「……」

灰田が何を言ってるのか、そこで漸《ようや》く理解した壱は椅子の背に預けていた身体を慌《あわ》てて起こした。唇《くちびる》に挟《はさ》んでいた煙草を手に取り、怪訝《けげん》な顔で確認する。灰田は何でもないことのように言っているけれど、彼には勤め先がある筈《はず》なのだ。

「ちょ…ちょっと待てよ。お前、何言ってんの？　どういう意味？　バイトに来るってこと？」

「正社員でいい」

「正社員って…お前、だって、別の会社の人間だろうがよ？」

「辞める」

「はあ!?」

　きっぱりとした口調で答える灰田に冗談《じょうだん》を言っている雰囲気はない。灰田が会社を辞めて、うちに就職したいって？　言葉にしてみると、とんでもないことだと分かって、壱はぶるぶると首を振った。

「何言ってるんだよ？　あのな。見ての通り、うちは三人しかいない弱小事務所で、そりゃ今のところ仕事はあるが、先は分からないっていう、綱渡《つなわた》りな零細企業《れいさいきぎょう》なんだぜ？　分かってんの？　それに、お前、外資系でバリバリに働いてるんだろう？　そっちの方がいいに決まってんじゃん」

「気に入ったんだ。ここの…庭と建物が」

「は…あ!?」

　灰田が口にした理由は理解不能なもので、壱はくしゃくしゃの頭を傾《かし》げた。そんな理由で転職するって。しかも灰田は外資系の一流企業に勤めていて、外国人の年長者を部下に持ち、大プロジェクトを任されるような能力のある人間だ。有り得ない。壱は眉を顰め、険相を灰田に向けた。

「ふざけてんのか？」

「まさか」

　真面目《まじめ》な顔で否定する灰田を壱は腕組《うでぐ》みして見つめていたが、大きな溜《た》め息を吐き出した。

突然《とつぜん》訪ねて来た時から変わった奴だと思っていたけれど。

「お前の考えてることはよく分からないけど、うちはお前みたいな人間を雇《やと》えるようなとこじゃない」

「……」

壱がきっぱり断ると、灰田は神妙《しんみょう》な表情で黙《だま》っていたが、そのまま何も言わずに部屋を出て行った。その姿が妙に寂《さび》しそうに見えて、壱は小さな罪悪感を覚えたのだが、訳が分からないと思う気持ちの方が大きかった。


そもそも、自分が悪いと思う必要があるのか。向こうが勝手に言い出したことで、しかも理解出来ない内容だから、断っただけだ。罪悪感を紛《まぎ》らわそうと、自分に言い聞かせながら、仕事に戻《もど》った。最終プレゼンが終わっていない今の段階では、灰田との関係を友好的なものにしておいた方がいいような気もしたが、うまく立ち回れる器用さはない。

それに、一緒《いっしょ》に働きたいなんて、灰田の気紛《きまぐ》れかもしれない。もしくは、気の迷いか。外資系企業で大プロジェクトを任されているような男が、三人しかいない弱小事務所に転職してどうする気なのか。誰《だれ》が聞いたって不思議に思う話だ。

けれど。毎日、やって来る灰田に関する疑問もあったから、もしかして…という思いも浮《う》かぶ。あいつは会社に居場所がないから、うちに来てるんじゃないか。だから、辞めるなんて言ってるんじゃないか。色んな考えをぐるぐるさせていたのだけど、次第《しだい》に仕事に集中していって忘れてしまった。仕事に没頭《ぼっとう》すると、一時間などあっという間に過ぎてしまう。コンコンというノックの音に、はっとして顔を上げた。

「…丹野くん？　いい？」

「あ、はい。今、行きます」

遠慮《えんりょ》がちに顔を出したのは柏木だった。打ち合わせの為《ため》に呼び出したのだったと思い出し、壱は慌てて資料を揃《そろ》えて部屋を出ようとした。引き戸に手をかけた時、灰田がいるのを思い出した。昨日みたいに。柏木を相手に仕事モードの顔で話しているのだろうか。今日は松田も来ている筈だから、更《さら》に硬《かた》い表情をしているかもしれない。そんな想像をしながら、広いワーキングルームを見渡すと。

「…あれ？」

柏木と松田は綾子と話しているが、そこに灰田の姿はない。反対側では里見が真剣《しんけん》な顔でモニターを睨《にら》んでいる。クロがたたたと寄って来ると、壱は「あいつは？」と犬に向かって聞いた。答えられないクロに代わって、綾子が返事をする。

「灰田さんならご飯食べて、帰ったよ」

「え…」

「また来てたんだってね、灰田さん。丹野くん、電話で言ってくれないから」

「惜《お》しかったよな。もう少し早く来てれば会って話が出来たのに」

営業チャンスを逃《のが》したと、柏木と松田は惜しむが、壱としてはわざと言わなかったのではなかった。昨日と同じく、どうせ灰田はクロの散歩にでも行くのだろうから、柏木や松田が来る頃《ころ》にもまだいると思っていたのに。ご飯を食べてすぐに帰ったというのは…。

断ったことがショックを与《あた》えてしまったのだろうか。微《かす》かに眉を顰める壱に、綾子が灰田からの伝言を伝える。

「丹野。灰田さんがお弁当、早めに食べるようにって。何も食べずに煙草《たばこ》だけじゃよくないって心配してたよ」

「あ……うん…」

綾子の様子から、灰田は転職云々《うんぬん》の話を自分にしかしてないのだと判断出来た。壱はサンプルや資料を打ち合わせ用のテーブルに置き、近付いて来た柏木と松田に見てくれるよう言ってから、灰田からの差し入れてある弁当を取りに行った。

自分用に残っていた弁当を持って柏木たちの許《もと》へ戻ると、打ち合わせをしながら食べてもいいかと聞いた。豪華《ごうか》な弁当は灰田からの差し入れだと説明すると、松田が驚《おどろ》いたように言う。

「プレゼンの時は厳しいこと言ってたけど、結構、丹野を気に入ってるんじゃないのか。灰田さんって人は」

「ですよね？　じゃなきゃ、毎日訪ねて来たり、弁当持って来たりしないですからね」

「気に入ってるのは、ここの建物と庭みたいですよ。少なくとも俺の仕事じゃないですって。そうだとしたら、最終プレゼンでリテイク出したりしないでしょ」

「いや、でも、気に入ったからこそ、更に突《つ》っ込もうと思ったのかもしれない。次は確実だと考えていいな。これは」

何か違《ちが》うような気がしながらも、灰田が毎日やって来ていると聞いた二人が、楽観的になってくれたのは壱にとって有利であった。メインカラーを変えないプランで説得したいと言う壱に、柏木も松田も代案を用意しておこうという意見を出しただけで、強く反対したりはしなかった。全て、灰田は壱を気に入っているだろうから大丈夫《だいじょうぶ》だという、皮算用があってこそだった。

翌日行われる東海林デザインでの会議に関する打ち合わせをして、柏木と松田は帰って行った。二人と入れ替《か》わるようにして、編集プロダクションの担当者と、出版社の編集者が続けて訪れ、別件の打ち合わせがばたばたと続いた。全て終わり、来客が帰ると十一時を過ぎていた。

「あんなに豪華な弁当食べたのに、やっぱりお腹《なか》って空くんですね」

午後からずっと、必死でデータを直していた里見が、空虚《くうきょ》な呟《つぶや》きを漏《も》らし、すくりと立ち上がる。客が帰った後も打ち合わせ用のテーブルで仕事に関する話を続けていた壱と綾子に、食事を仕入れに行くけど、何か要《い》るかと尋《たず》ねた。

「私、モスのチーズバーガーが食べたい。サラダも」

「モスですね。了解《りょうかい》です。壱さんは？」

「俺、まだ腹一杯《はらいっぱい》だよ。あの弁当、全部食ったもん」

「丹野にしては食べたよね。あ、飲み物、適当に補充《ほじゅう》しておいて」

分かりましたと返事し、里見は付いてこようとするクロを宥《なだ》めて、一人で仕事部屋を出て行った。綾子と二人になると、壱は昼からずっと話したいと思ってたことを口にする。

「灰田がさ。うちで働きたいって言うんだよ」

「えっ!?」

煙草を口に挟みかけていた綾子は、驚いた声を上げて落としてしまう。慌《あわ》てて拾い、どういう意味なのかと尋ねた。

「な…なに、それ」

「働きたい…じゃないな。働いてやる、って言い方だな。あいつの口振《くちぶ》りは」

「灰田さんがうちで何するっていうの」

「営業とか、経理とか、事務とか？」

「素敵」

ついさっき、びっくりして煙草を落としたばかりだというのに、綾子はころりと態度を変えてうっとりと呟く。現実的な問題を全く考えていない口振りに、壱は呆《あき》れた気分で煙草に手を伸《の》ばした。

「梨本、本気で言ってるのかよ」

「いいじゃない。灰田さん、素敵だし。仕事も超《ちょう》出来そう」

「いや、出来るからおかしいって思わないの？　あれだけ大きなプロジェクトの選考責任者やってるような男が、どうしてうちみたいな弱小事務所にさ」

「灰田さん、理由はなんて？」

「うちの建物と庭が気に入ったって」

「はははは。クロも、でしょう」

笑って言うと、綾子は少し離《はな》れた場所にいるクロを見る。煙草を吸ってる時、クロは側《そば》に寄って来ない。犬にはきつい匂《にお》いなのだろう。そう思う度《たび》に、壱は禁煙《きんえん》を決意するのだが、すぐに挫《くじ》けてしまう。ごめん、と心の中でクロに謝って、咥《くわ》えた煙草に火を点《つ》ける。

「で、丹野は断ったの？」

「だって」

「ああ、それがショックで帰ったのかな。灰田さん」

「……」

気にかけていたことをずばりと言われ、壱は沈黙《ちんもく》して煙草を吸った。分かりやすい反応を見せる壱に、綾子は苦笑を浮かべて「いいじゃないの」と勧《すす》める。

「灰田さん。いい人だと思うよ」

「いや、けどさ」

「里見だって同じような理由じゃん。あれも拾い物だったじゃん」

丹野事務所は最初、壱と綾子の二人でスタートした。半年後、里見が加わったのだけど、彼も変わった形で丹野事務所に就職した。当時、別のデザイン事務所に勤めていた里見は、偶々《たまたま》事務所の前を通りかかって、家を見せて欲しいと突然《とつぜん》飛び込んで来た。大学で建築を専攻《せんこう》していた里見は、事務所として使っている家を建てた建築家を尊敬していて、その作品として有名だった家を見つけたのに驚いて入って来たのだ。

そして、そこが「丹野壱」の事務所であると知ると、里見は即座《そくざ》に就職を申し込んだ。今の勤めは辞めて来ますから！　鼻息荒《あら》くそう言った里見を思い出すと、壱は複雑な気分になって眉《まゆ》を顰《ひそ》める。

「…里見は元々デザイナーだったじゃん。けど、あいつは…」

「だから、営業とか事務とか、やってくれるって言ってんじゃないの。助かるわ〜。結構、いっぱいいっぱいだよ、私」

「……」

壱はデザイナーとしては有能だが、一般《いっぱん》社会人としての能力は低い。設立当初から事務所の経営に関する仕事は全《すべ》て綾子に任せており、その彼女から「いっぱいいっぱい」と言われてしまうと、何も返せない。それでも、里見の時とは違って、即座に「うん」とは言えなくて、渋《しぶ》い顔で言い訳を続けた。

「でも、リテイク出して来た相手だぜ？　そのプレゼンも終わってないし」

「明後日には終わるじゃないの。それから考えてもいいでしょ」

「……。あいつ、偉《えら》そうだし」

「あんたには言われたくないと思うよ？」

壱が本音を漏らすと、綾子は呆れた顔で肩《かた》を竦《すく》める。困った気分で煙草を吹《ふ》かしていると、綾子は立ち上がって冷蔵庫に飲み物を取りに行った。何か要る？　と聞かれ、壱は首を横に振《ふ》る。

「…気にしてるの？」

ペットボトルを手に戻《もど》って来た綾子に聞かれ、俯《うつむ》いていた壱は顔を上げた。何を、と聞かなくても分かっていたが、綾子の口から付け加えられる。

「音さんと声が似てるの」

「……してないよ」

最初は本気で驚いたけれど、今はもう気にしてない。時々、どきりとすることはあるけれど、灰田は別人だと、頭できちんと理解出来ている。それに、心の整理はもうついてるから。

気にしてない。そういう理由じゃない。心の中だけでそう繰《く》り返し、短くなった煙草を灰皿に押し付けた。


翌日。灰田は丹野事務所に姿を現さなかった。昼から壱は東海林デザインへ打ち合わせに出《で》掛《か》けていたのだが、夜になって帰宅すると、里見から「今日は灰田さん、来てませんよ」と声をかけられた。

「あーあ。貴重な人材、逃《のが》したかもね」

「うるさい」

聞こえよがしな綾子の嫌《いや》みに言い返し、壱はクロを連れて散歩に出掛けた。外はもう真っ暗で、だから散歩もゆっくり出来る。綾子の言う通り、灰田は昨日のことを気にかけて来なかったのだろうか。明日は再プレゼンの日だから会える筈《はず》だが、これはやはりマイナスポイントになってしまうだろうか。

「…仕方ないよな」

なあ、とクロに話しかけると、匂いを嗅《か》いでいたクロが振り返る。あいつとはもう会えないかもよ。そんな言葉を向けたら、クロが哀《かな》しそうな顔になった気がして、申し訳ないような気分になった。

けど、仕事と性格は別だと言ったのは灰田の方だし、転職を断ったのだって別の話の筈だ。前向きに考えることにして、壱は翌日、再プレゼンの会場へ出掛けたのだが。

「…どういうこと?」

全ての準備を終え、クライアント側が会議室へ入って来ると、壱は声を潜《ひそ》めて柏木に聞いた。全員が着席し、ドアも閉められたのに、灰田の姿は何処《どこ》にもなかった。前回、灰田と一緒《いっしょ》に出席していた白人男性は全員来ていたのに、彼だけはいない。遅《おく》れて来るんじゃないか…という柏木の意見に頷《うなず》き、壱はプレゼンを始めた。

前回からの変更点《へんこう》と、メインカラーを変えない理由について、壱は熱心に説明した。順調にプレゼンは進んだが、結局、最後まで灰田は姿を見せなかった。戸惑《とまど》いを胸に隠《かく》しつつ、演台を下り、後を進行役に任せる。進行役が質問を受け付けますと言っても、今度は一切《いっさい》声は上がらなかった。

これはやはり無駄足《むだあし》を踏《ふ》まされたのかと、東海林デザイン側に嫌な空気が走る中。プレゼン終了《しゅうりょう》後、すぐに責任者を任されたという男性から、契約《けいやく》を結びたいという打診《だしん》があった。

「丹野、やったな」

「あ…ありがとうございます…。これで苦労も報われる」

「ほっとしたよ～」

壱としては灰田もいなくて、反応もないから駄目《だめ》だと思っていたのが、あっさり採用となったのが嘘《うそ》みたいで、信じられない気分だった。柏木や東海林デザインの面々が大喜びしているのを見ても、どうもしっくりこなくて、複雑な気分が抜《ぬ》けなかった。

お祝い気分で盛り上がる柏木たちが宴席《えんせき》を用意すると言うのを断った。プレゼンを終えたばかりで疲《つか》れていたし、綾子たちも一緒に皆《みな》で祝いたい。別日程で予定して貰《もら》うように頼《たの》み、今後に関する打ち合わせをして、一人で事務所へ帰る為《ため》にビルを出た。

外はすっかり暗くなっていたから、壱も太陽を気にすることなく歩けたけれど、夕方のラッシュに当たってしまった。混み合う電車に揺《ゆ》られるだけで疲れが増す。やっとの思いで駅へ着き、事務所への道を歩き始めたら、漸《よう》くほっと息が吐《つ》けた。

見慣れた道が安《あた》心を与えてくれて、徐々《じょじょ》に嬉《うれ》しさが形になって来る。灰田が現れなかったことに対する困惑《こんわく》があって、どうも素直《すなお》に喜べなかったのだけど、採用されたのは事実だ。これまでの苦労が報われた。そんな実感がひたひた満ちて来て、次第《しだい》に早足になる。

綾子と里見には真っ先に電話を入れたから、待ってくれている筈だ。シャンパン、用意しておくわ…と言う綾子は昂奮《こうふん》してる様子だった。二人に会えるのを楽しみにしながら、壱は事務所へ辿《たど》り着いた。

入り口のアルミの戸を開け、中へ入る。「ただいま」と逸《はや》る気持ちでワーキングルームへ続く引き戸を開けると。

「お帰り」

自分を出迎《でむか》えた声に、壱は心をぎゅっと摑《つか》まれた。お帰り。全く同じ声音《こわね》と響《ひび》きが、壱の中からいけない記憶《きおく》を引きずり出す。

「……」

それが灰田の声だというのは、頭ではよく分かっていた。かつて、自分を「お帰り」と迎えてくれた相手はもういない。分かっているのに、心が理解出来なくて。瞬《まばた》きも出来ずに立ち尽《つ》くす壱の異変に気付いた灰田が、ソファから立ち上がって近付いて来る。

「どうした……」

てっきり、「なんでいるんだ?」といつもの調子で不機嫌《ふきげん》そうに言いながら自分の前に姿を現すと思っていた。なのに、壱の声は聞こえず、入って来る気配もない。不思議に思いながら、壱の様子を見に近付いた灰田は、彼の顔を見た瞬間《しゅんかん》、言葉に詰《つ》まった。

壱の頰《ほお》を伝うのは、涙《なみだ》。思いがけないものを目にして、動けなくなる。

「……。…どうしたんだ?」

ただいま、と言った壱の声は嬉しそうなものだった。当然だ。壱はプレゼンを成功させ、大きな契約を成立させたのだから。それを知っているからこそ、彼が泣いている意味が理解出来なくて、灰田は窺《うかが》うように尋《たず》ねる。

「……っ……」

困惑した灰田の顔を見て、壱は自分の異変に気付いた。頬に手を当てると、指先が濡《ぬ》れる。涙腺《るいせん》が壊《こわ》れてしまってから久しい。目の前にいるのが綾子や里見だったら見ない振りをしてくれたのに。

はあ…と深く息を吐き出して、手の甲《こう》で涙を拭《ぬぐ》い、灰田を見た。ほら、全然違《ちが》うじゃないか。音さんと似ているところなんて、一つもない。バカな錯覚《さっかく》を抱《いだ》いた自分を諫《いさ》めて、更《さら》に言い聞かせる。自分を「お帰り」と迎えてくれる人は、もうこの世にはいない。二度と会えないのだから。

もう一度息を吐いた壱は、掠《かす》れた声で「なんで」と口にした。わざと眉を顰めて、不機嫌そうな顔を作って灰田に尋ねる。

「…なんで、ここにいるんだよ？」

「……」

壱の様子を見た灰田は、彼がごまかしたがっているのを感じ取り、それ以上訳を聞かなかった。どうしているのかという問いには答えず、「おめでとう」とお祝いを口にする。

「よかったな」

「……お前、どうしてプレゼンに出席してなかったんだ？」

「俺はここで直接話を聞けたから。もう聞く必要はないと思って、賛成するって意見だけ、出しておいた」

「……」

ということは。灰田も同意していたのだと分かり、壱はほっと息を吐いた。ケチをつけた灰田をぎゃふんと言わせてやりたいと思い、奮起して練った再考案だ。灰田が別の理由で責任者を下りていたのだったら、甲斐《かい》がないなと思っていた。

「やっぱりいいって、分かったのか？」

「ああ。きっといいものになると思う」

「……。お前さあ…」

掌《てのひら》を返したように言う灰田に、壱が呆《あき》れた声を出すと、背後の玄関《げんかん》から人が入って来る気配がした。振《ふ》り返れば、綾子と里見とクロがいて、手には買い物袋《ぶくろ》を提げている。

「あっ。壱さん、お帰りなさい。おめでとうございます！」

「丹野〜。モエのロゼ、買って来てあげたわよ。お祝いだよ。もう、飲んじゃおう！」

壱から電話がかかって来た後、綾子と里見は差し迫《せま》ってる仕事だけ仕上げてしまおうと必死だったと、灰田が説明する。それがさっき漸く終わって、買い物に行って来るからと走って出て行き、自分は留守番していたのだと続ける灰田に、壱は相槌《あいづち》を打ちつつも、ふと、疑問が湧《わ》いて首を傾《かし》げた。

「…っていうか、お前、いつからいたの？」

「一時くらい…かな」

「一時って、俺が出掛けてすぐじゃんか。何してたんだよ。昼からずっと」

「庭でお茶して…クロの散歩に行って、帰って来たらちょうど吉報《きっぽう》が入ったところだった」

相変わらずの呑気《のんき》な過ごし方に、壱が呆れていると、綾子と里見がとにかく飲もうと言って、フルートグラスを持って来た。大きな仕事の打ち上げとか、誰《だれ》かの誕生日とか。お祝いはシャンパンでと決まっている。里見がボトルの栓《せん》を開けると、ぽんと軽い音が広い部屋に響いた。

「いい響きねえ、いつ聞いても。高いシャンパンだと尚更《なおさら》、いい音に聞こえるわ」

「さ、壱さんも灰田さんも。グラス持ってください。壱さん、音頭、お願いしますよ」

「俺？　ていうか、このメンバーで挨拶《あいさつ》、必要なくない？」

そう言いながらも、手にしたシャンパンを見ているだけで嬉しくなって、壱は「ありがとう」と綾子と里見に礼を言った。

「まだ採用されたってだけで、これからが大変だと思うけど、よろしくお願いします」

乾杯《かんぱい》、と声をかけ、儚《はかな》い炭酸を口に含《ふく》む。甘い香《かお》りが口の中に広がると、幸福感が増す気がする。特に、シャンパンの味は喜びと連動しているから尚更なのかもしれないと思いながら、口中で弾《はじ》ける酒をちびちびと楽しんだ。

それから。綾子たちが買って来たつまみを広げ、飲み始めたのだが、途中《とちゅう》で急な直しを必要とする電話が入り、壱は仕事部屋に入った。綾子と里見の為にもお祝い気分でいるフリをしていたけれど、内心では複雑な心情を抱《かか》えていたから、丁度いいと思い、そのまま宴席には戻《もど》らず、仕事をしていた。

こんこん、と小さなノックが聞こえたのは、十一時を過ぎた頃《ころ》だった。

「……？」

綾子か里見が呼びに来たのかと思い、引き戸の方を見ると、灰田の顔があった。壱は小さく息を吐き、「なに？」と尋ねる。

「終わらないのか？」

「……あー……うん。俺のことは気にしないでいいから皆で……」

「いや。二人は潰《つぶ》れた」

「!?」

灰田がさらりと言うのに驚《おどろ》いて、壱は立ち上がると、慌《あわ》ててワーキングルームを覗《のぞ》きに行く。灰田の言う通り、二人は酔《よ》い潰れており、綾子はソファで、里見は床《ゆか》で高いびきをかいて眠《ねむ》り込んでいた。

テーブルを見れば、最初に開けたシャンパンもあわせて、空のフルボトルが四本も並んでいる。綾子も里見も、酒にはかなり強いのだけど、ここのところ忙《いそが》しくて、睡眠《すいみん》不足が慢性《まんせい》化しているので、酔いが回るのが早かったに違いない。

「ろくに休んでないのに、飲み過ぎるからだよ」

作りつけのクロゼットから毛布を取り出し、灰田と手分けして二人にかけてやる。ソファの綾子はもとより、里見が床の上で寝込《ねこ》んでいるのを灰田は心配したが、壱は大丈夫《だいじょうぶ》だと断言し

た。二人とも、過酷《かこく》な環境《かんきょう》下での仮眠に慣れている。痛かったりしたら自分で目を覚ますだろ

…と言う壱に、灰田は呆れた顔で頷《うなず》いた。

「お前は…帰る?」

「ああ」

何となく成り行きで、壱はクロと一緒《いっしょ》に玄関まで灰田を見送りに出た。引き戸を開けた灰田は、足を止めて壱を振り返る。

「まだ仕事するのか?」

「もう少しかかりそうなんだ」

「無理するなよ。疲《つか》れてるだろう」

「大丈夫」

気遣《きづか》ってくれる灰田に小さく笑って答えると、彼は何か言いたげな顔で暫《しば》し壱を見つめた後、

「じゃあ」と言って背を向けた。通りへ歩き始めた背中が、数歩進んだだけで、動きを止める。

「……満月だ」

「……」

上を見て言う灰田に釣《つ》られて、見上げた空には丸い月がぽっかりと浮《う》かんでいた。煌々《こうこう》と光る月はふくよかに太ってまん丸だ。静かな夜。都心から外れた住宅街は夜が深くなると静けさを取り戻す。遠くを走る自動車の音も微《かす》かになり、風のない夜だから木々のざわめきもない。

「綺麗《きれい》だな」

月を見て呟《つぶや》く灰田の声が耳に届くと、壱は息が出来なくなった。目の前にいるのは灰田だ。明らかに、その姿は違う。お帰りと迎えてくれた声に錯覚を抱いた時、自分を戒《いまし》めた筈《はず》なのに、夜に響《ひび》く声がまた心を惑《まど》わせる。

平気だと、もう整理はついてるのだから、気にしてないと、綾子に言ったのは強がりだったと実感させられて、壱は眉《まゆ》を顰《ひそ》めた。神様は残酷《ざんこく》だ。そんなことを、何度も思った。数え切れないくらい。

けれど、時が経って、次第《しだい》にそう思うことも少なくなった。出来るだけ、考えないように。思い出さないように。その為《ため》に毎日忙しく、ゆっくり休む暇《ひま》を自分に与《あた》えずに走り続けて来た。時折やって来る猛烈《もうれつ》な哀《かな》しさをごまかす為に。それでも、この季節だけは駄目《だめ》で、弱ってしまうというのに。

今、こんな目に遭《あ》わせる神様は、やっぱり残酷だと思うのだ。

「なあ……」

何かを言いかけながら振り返った灰田が、すうっと表情を硬《かた》くするのを見て、壱はまた自分が泣いているのだと気付いた。灰田は暗い庭にいるけれど、自分は照明の当たる玄関先《げんかんさき》に立っている。しまったな…と思い、息を深く吐《は》いて俯《うつむ》き、手の甲《こう》で涙《なみだ》を拭った。

「…気を付けて」

適当な挨拶を口にして、そのまま中へ戻ろうと思ったのに、灰田が戻って来る。下を向いていた壱はその気配に気付いてはいたが、彼の行動までは読めなかった。

「…っ…」

「どうして……泣くんだ？」

いきなり腕《うで》を摑《つか》まれ、壱は驚いて顔を上げる。目の前にある灰田の表情は、痛々しいと思うくらい真剣《しんけん》なもので、すぐに声が出なかった。灰田には色んな顔があるんだな。そんな関係のないことを思いながら、壱は掠れた声でしょうのない嘘《うそ》を吐く。

「…泣いてない」

「泣いてるじゃないか」

「目にゴミが入ったんだ」

灰田がとても自分を心配してくれているのは分かったけれど、それを受け入れる余裕《よゆう》はなかった。自分の腕を摑んでいる灰田の手から逃《のが》れ、壱は「じゃあな」とぶっきらぼうに言うと、背を向けて中へ入った。早足で自室に入り、戸を閉めると、大きな溜《た》め息が漏《も》れる。

日に二度も突然《とつぜん》泣かれれば、灰田が理由を問いたくなるのは当然の話だ。灰田は何も知らないのだから、気を付けなくてはいけないと思っていたのに。なのに、涙が溢《あふ》れるのを止められなかった。

お帰り、といつも迎《むか》えてくれた。壱、月が綺麗だ。空を見上げて教えてくれた。上書き出来ない記憶《きおく》は永遠に自分を占領《せんりょう》したままなのだ。改めて気付かされる事実が苦しくて、ふらふらと倒《たお》れ込むようにして椅子《いす》に座り、机に突《つ》っ伏《ぷ》した。

そのまま、身動きせず、じっとしていると、引き戸がかたかたと鳴る音がし、すっと開く気

配がした。開け方からクロが入って来たのだと分かり、そのままでいると、たたたという足音が聞こえて、膝《ひざ》にクロの顎《あご》が乗る。

身体《からだ》をずらして下を見ると、クロと目が合った。

「…あいつ、帰った?」

答えはないけれど、目で「うん」と返事しているような気がして、壱は苦笑する。身体を起こして、椅子から滑《すべ》るようにして床へ下り、クロの身体を抱き締《し》めた。

「ごめんな。やっぱ……駄目みたい。ほんと、駄目な飼い主でごめんな。……参るよなあ。お前だって困るだろ? なんで、あいつの声、あんなに音さんに似てるんだよ。誤解しちゃうじゃないか…」

苦しくなる。そう呟いた声は音になってなかった。瞳《ひとみ》から溢れる涙がもう止まらなくて。ただ、じっと側《そば》にいてくれるクロだけが、頼《たよ》りだった。クロは何もかもを知ってるから、全《すべ》てを委《ゆだ》ねられる。喜びも、哀しみも。全部、知ってるから。


酷《ひど》い喉《のど》の渇《かわ》きで目を覚ますと、部屋は明るくなっていて、しまったという後悔《こうかい》の念がむくむくと湧《わ》き上がった。綾子は般若《はんにゃ》のように顔を顰《しか》め、何処《どこ》かに飛んで行ってしまった眼鏡《めがね》を手探りで探す。幸い、頭の上辺りで見つかった眼鏡をかけると、掠《かす》れた声で呟いた。

「うー……飲み過ぎた～…」

頭も痛いが、おかしな体勢で長時間寝ていたせいで、身体のあちこちも痛い。ごきごき肩《かた》を鳴らしながら身体を起こすと、テーブルの上に置いてあった煙草《たばこ》に手を伸《の》ばす。一本、咥《くわ》えて火を点《つ》け、煙《けむり》を吸い込んでから辺りを見回した。床に転がっているのは里見だけで、壱が急な仕事で宴会《えんかい》を途中で抜《ぬ》けたのを思い出した。

「…灰田さんは……帰ったんだよね」

独り言を呟きながらソファから下り、冷蔵庫まで歩いて、ペットボトルの水を取り出した。ごくごく飲んでいると、クロの足音が聞こえる。

「…クロ、おはよう。丹野は？　まだ仕事してる？」

時計を見れば六時で、壱がまだ仕事していてもおかしくない時間だった。綾子は飲みかけのペットボトルを冷蔵庫へ戻《もど》すと、壱の仕事部屋に向かった。「丹野？」と呼びかけながら、クロの幅《はば》分だけ開いていた引き戸に手をかける。仕事机に壱の姿はなく、ソファで眠っているのだろうかと思い、ひょいと覗いたのだが、そこにもいなかった。

「……」

トイレ…という気配もない。クロを置いていなくなるということは。綾子は咥えていた煙草を壱の机にある灰皿に押し付け、その上をざっと見渡《みわた》した。きちんと分けられた書類の山と、一枚の置き手紙。

ごめん。頼《たの》む。

短いメッセージを読み、綾子は小さな溜め息を吐いて、手紙をくしゃくしゃと丸めた。ぽいと、ゴミ箱に投げ捨ててから、きちんとお座りしているクロを見る。

「クロ。あんたのへなちょこご主人、いなくなったよ。…もう三日後だもんねえ。仕方ないよね。頑張《がんば》った方か。エリエゼルも決まったし……あとは天気予報次第ですな」

よっしゃ、仕事だ…と、綾子は気合いを入れて、まだ寝ている里見を起こしに行った。蓑虫《みのむし》みたいに毛布にくるまっている里見を乱暴に転がすと、寝《ね》惚《ぼ》けている彼を追い立てるように言う。

「さ、起きて起きて。丹野がいなくなったから、宇野《うの》さんとこのと、トスカの仕上げとチェック、頼んだよ。あ、宇野さんの、締め切り昼だから」

「うー…寝起きにそれっすか。綾子さん、厳しすぎ…」

「あたし、先にシャワー浴びるね」

「あー…こんなに散らかったままで…。片付けないと…。クロ、散歩、ちょっと待ってな。掃《そう》除《じ》したら行こう。壱さん、いないから、暫《しばら》く俺と寝ような」

事務所に入ったばかりの頃《ころ》、事情を知らなかった里見は弱った壱を見て心配したものだけど、もう三回目だから大体の予想がつく。時期が来れば……あの日さえ過ぎれば、壱が回復するのは分かっている。自分に出来るのは、壱を心配することでなく、彼が不在の間、ミスなく仕事をこなすことだという結論に辿《たど》り着いていた。

里見が部屋の掃除をし、クロの散歩に行ってる間に、綾子は浴室でシャワーを浴びた。さっぱりして出て来ると、仕事の段取りをしながら、ネットで天気予報をチェックする。暫く晴天が続いていたが、週間予報では次第に崩《くず》れてきそうな気配があった。一雨ごとに春の日差しは夏のそれに変わる。

「一気にかーっと暑くなればね。あいつも助かるんだろうけど」

綾子が独り言を呟《つぶや》くと、里見の「ただいま～」という声が聞こえて来た。散歩のついでに朝食を仕入れて来た里見から荷物を受け取り、クロの世話を引き受けるからシャワーを浴びておいでと勧《すす》める。

クロの足を拭《ふ》いてやってから、コーヒーを入れていると、里見が頭にタオルを載《の》せて風呂《ふろ》から上がって来る。俺がやります…と言う里見に任せ、綾子は自分の机でサンドウィッチを頬張《ほおば》りながらコーヒーを待った。

「…どうぞ。どうですか。天気」

「いい感じに雨雲、来てる。丹野もエリエゼルの件、気にしてるだろうから、命日が終わって、雨降ってたら出て来るんじゃない」

「早く暑くなるといいんですけどねえ。綾子さん、お参りはいつも通り前日に行きますか？」

「うん。柏木さんと行って来るわ。当日に壱とバッティングするのはごめん。泣いてるあいつ、見たくないんだよ。私」

「あー……そうですね。壱さん、普段《ふだん》、気がきついから余計に悲惨《ひさん》というか……悲惨じゃないか。なんて言えばいいんですかね」

「哀《あわ》れ？」

それもどうなんですか…と首を捻《ひね》る里見に、綾子は締《し》め切り一覧を記したスケジュール表を渡す。それを一目見ただけで、里見は「ひー」と悲鳴を上げ、慌《あわ》てて自分の机に着いた。

それから。二人はひたすら仕事に集中した。キーボードを叩《たた》く音くらいしかしない静かな事務所で、ソファの下に寝そべっていたクロがさっと立ち上がって窓辺に近付くのに気付いて、綾子は視線を動かす。壱がいないからロールスクリーンを上げ、窓も開けてあるので、庭を歩いて来る人影《ひとかげ》がすぐに見えた。

「…あら。灰田さんだ」

綾子の声に里見も振《ふ》り返って外を見る。いつも通りのスーツ姿で、手には紙袋《かみぶくろ》を提げている。それを見た途端《とたん》、里見は嬉《うれ》しそうな声で言った。

「やった。弁当だ」

「図々《ずうずう》しいなあ」

呆《あき》れた気分で言いながら、綾子は時計を見る。ちょうど十二時。朝早くにサンドウィッチを食べたきりなので、小腹が空いて来た頃だ。里見が期待する意味も分かった。玄関《げんかん》ではなく、開け放たれた窓から入って来る灰田に、綾子は座ったまま挨拶《あいさつ》する。

「こんにちは、灰田さん。昨日はありがとうございました。すみません。私たち、寝ちゃって」

「こんにちは。いえ、相当お疲《つか》れだったんですよね。風邪《かぜ》をひかれませんでしたか？　そのままでいいと言われたので…毛布だけおかけしたんですが」

「ええ。平気です。慣れてますから」

「これ、差し入れです。もう食べられましたか？」

「まだなんですよ～。灰田さん、いつもありがとうございます～。…おお。今日も豪勢《ごうせい》な弁当だ！　やった！　今、用意しますね。外で食べましょう」

いそいそと弁当を外へ運ぼうとする里見に、灰田は微《かす》かに表情を曇《くも》らせて、「いや」と言う。

「今日は中で食べないか。……丹野が…駄目《だめ》だろう？」

壱の部屋の方を見て言う灰田に、里見は「いいですよ」と首を振った。「壱さん、いませんから」と告げられ、灰田は微かに顔を曇らせて聞いた。

「…出掛《でか》けてるのか？」

「うーん……そうですね。当分、いないんで」

「どうして？」

当分というのはどういう意味かと聞く灰田は、心配そうな表情をしている。理由を答えられない里見が言葉に詰《つ》まるのを見て、綾子が助け船を出した。

「里見。私がやるからお茶入れて」

「分かりました」

助かったという顔で返事をした里見は、お茶を用意する為《ため》に奥へ向かった。怪訝《けげん》な顔でいる灰田に近付き、綾子は彼が持参した紙袋を覗《のぞ》き込んで、笑《え》みを浮《う》かべる。

「灰田さんが買って来てくれるお弁当っていつも美味《おい》しそう。天気いいから、外で食べましょうよ。暑くなったら、お昼の外なんてとても出たいって気分になりませんから。今の時期だけなんです」

「…彼は…何処《どこ》に？」

重ねて聞いて来る灰田に、綾子は笑みを苦笑に変えた。壱は新しく知り合った人間に音羽《おとわ》の話をすることを好まない。それを里見もよく分かっているから、答えられなかったのだ。壱自身が話さない以上、自分たちが話す訳にはいかない。綾子は曖昧《あいまい》な説明でごまかそうとする。

「…この時季、いつも体調を崩すんですよ。エリエゼルのコンペも通ったし、暫く休んだらって勧めたんです。病気とかじゃないから大丈夫《だいじょうぶ》です。どうぞご心配なく」

「…自宅に？」

「ええ」

頷《うなず》く綾子の顔には笑みが浮かんでいたが、深い質問を受け付けぬ硬《かた》さがあった。灰田はそれ以上聞けなくなって、綾子に勧められるまま、テラスの椅子《いす》に座った。テーブルの上に弁当を並べる綾子を見ながら、どうしても気になっていたことを口にする。

「…昨日。丹野くんが……涙《なみだ》を流したんです」

「……。…プレゼンが終わってほっとしてたんだと思いますよ。それで涙腺《るいせん》が緩《ゆる》くなって…」

「彼はよく泣くんですか？」

灰田の問いに綾子は「ええ」と頷《うなず》くことは出来なかった。涙なんて、普段の壱からは遠い話だ。特に灰田は、何度も訪ねて来てるので壱をよく観察している。彼が戸惑《とまど》う意味もよく分かるのだが、説明のしようがない綾子が困った顔で首を傾《かし》げると、灰田は真面目《まじめ》な表情で続けた。

「二度も…突然《とつぜん》、涙を零《こぼ》して…。だから、気になってしまって…」

「灰田さんのせいじゃありませんから。気にしないで下さい」

にこやかに否定しながらも、綾子は内心で壱が泣いたのは灰田のせいなのだろうと思っていた。正確には灰田の「声」のせいだ。毎年、音羽の命日が近付くにつれ、壱の身体《からだ》と心は弱っていき、情緒《じょうちょ》不安定になる。はっと気付いたら、壱が突然、涙を零していることはよくあって、だから、綾子も里見も見ない振りで過ごすのだけど。

こんな時期に音羽とそっくりの声を持つ灰田が現れるなんて。全く皮肉な話だと、綾子は心の中で壱に同情した。

「お待たせしました。綾子さん、ほうじ茶ですよね？」

「うん。ありがとう」

「灰田さんもほうじ茶でいいですか？」

里見がお茶を運んで来たのを機会に話を切り替《か》えようとして、綾子はさっさと弁当を広げた。美味しそう～と声を上げ、灰田に礼を言って箸《はし》をつける。空は青く、曇って来そうな気配はない。こんなに良い天気なのに、壱は今頃《いまごろ》、カーテンを閉め切った真っ暗な部屋で蹲《うずくま》っているのだろうな…と思うと、弁当の美味しさがせつなかった。

食事を終えると、灰田はクロを散歩に連れて行ってもいいかと聞いた。勿論《もちろん》です、お願いしますと頼《たの》む里見からクロを預けられると、灰田はクロと共に事務所を後にした。散歩、と言いながら、灰田が向かったのはクロの散歩コースでも、公園でもなかった。

壱とプレゼン会場で初めて会った時、強く興味を引かれて彼の会社を調べた。その時、丹野事務所の住所だけでなく、壱の自宅住所も一緒《いっしょ》に調べていた。事務所の方が空振《からぶ》りだったら自宅を訪ねようと思い、携帯《けいたい》に入れっぱなしだった情報を頼《たよ》りに、壱の自宅へ向かう。体調が悪いと綾子から聞いたものの、どうしても壱の顔を見て、聞きたいことがあった。

三人ともが事務所の近所に住んでいるという話は聞いていたが、壱の自宅も歩いて数分の場所にあった。何の変哲《へんてつ》もないマンションは事務所とは違《ちが》い、全く魅力《みりょく》的でなくて、壱らしくない建物だな…と、灰田はぼんやり思った。

「……砧《きぬた》アーバンマンション……ここだな？」

住所にあった建物名を確認し、灰田は連れているクロに確認する。クロにしてみれば自宅である。嬉しそうに尻尾《しっぽ》を振る様子に、灰田は確信を得て、マンションのエントランスに足を踏《ふ》み入れた。

一階がピロティ式の駐車場《ちゅうしゃ》になっているマンションで、壱の部屋は「201」であった。しかし、エントランスにある郵便受けを見ると、201の番号があるネームプレートには名前が入っていない。しかも、その201だけ、ダイレクトメールやちらしが大量に詰め込まれたままになっている。

灰田は訝《いぶか》しく思ったのだが、クロの行動はそこに壱が住んでいるのだと示すようなものだった。

「…クロ？　エレヴェーターは向こうだぞ」

急に引っ張り出すクロに驚《おどろ》いて声をかけながらもついていくと、非常階段へと案内される。いつもエレヴェーターでなく、階段を使っているのだろう。納得《なっとく》して、灰田はクロと一緒に二階まで上がった。

鉄製のドアを開けると、目の前に２０１と書かれた部屋があった。扉《とびら》の前でそわそわと動くクロを窘《たしな》め、灰田はインターフォンを押した。しかし、返事はない。暫《しばら》く待ってもう一度押してみたが、反応はなかった。

「本当にここか？」

クロの表情は「うん」と答えているけれど、初めて訪ねる場所で、表札が出ていないのが不安を生む。灰田は小さく息を吐《は》き、三度、インターフォンを押すのを諦《あきら》めた。綾子に訪ねたいと言えば反対されるだろうからと、黙《だま》って来たのだが、探りを入れて確認した方がいいだろうと考えた。

「クロ。行こうか」

仕方なく引き返そうとした時、クロが「ワン」と一声、吠《ほ》えた。マンションの廊下《ろうか》という場所では犬の鳴き声はとても響《ひび》いて、灰田は「しっ」と人差し指を立ててクロを叱《しか》る。ペット可のマンションなのだろうが、近隣《きんりん》の住人に迷惑《めいわく》をかけるような行為《こうい》はいけない。

「クロ。こんなところで吠えては駄目だ」

そう言いながらも、普段《ふだん》は静かなクロが吠えたのには訳があるような気がしていた。やはりここが壱の部屋で、だから、帰ろうとするのを反対してるのか。しかし、灰田としては応答がない以上、どうしようもなくて、クロを宥《なだ》めて帰ろうとしたのだが。

「……」

部屋の中からガタンという物音が聞こえた気がしてはっとする。もしかして。そんな思いでドアを見つめていると、内側からロックが外される音が聞こえた。クロも分かっているらしく、懸命《けんめい》に尻尾を振《ふ》っている。間もなくして、細く開けられたドアから掠《かす》れた声が聞こえた。

「……駄目だろ。勝手に来たら……里見が心配するよ？」

クロの頭を撫《な》でる手を見て、灰田はドアを摑《つか》んで大きく開く。クロとは反対側にいた灰田の姿は、内側から見えていなかった。強引《ごういん》に開けたドアの向こうには、驚きに目を丸くしている壱がいた。

「っ…び…びっくりした……」

「……いたのか…」

「な…なんで……？」

どうしてここを知っているのかと、不思議そうな顔で聞く壱の姿は、哀《あわ》れを誘《さそ》うようなものだった。事務所にいる時も決して小綺麗《こぎれい》ではない。いつも髪《かみ》はぼさぼさで、いつ着替えたのか分からないような、Tシャツにデニムという同じ格好ばかりだ。今も似たような…Tシャツに、部屋着のズボンという…スタイルではあるが、彼から発せられる生気みたいなものが圧倒《あっとう》的に違った。

顔色は真っ白で、クマが浮かび、とてもやつれている。元々痩《や》せているが、更《さら》に細くなったように感じられて、灰田は無表情な顔で壱を見つめた。綾子は病気ではないと言ったが、壱の姿を実際見ると、到底《とうてい》信じられなかった。

「…体調が悪いなら、病院へ行こう。連れて行ってやるから」

「え…？　何言って……」

「一度、調べて貰《もら》った方がいい」

「ちょ…ちょっと待てよ。俺は……」

真剣《しんけん》に勧《すす》める灰田に壱が困惑《こんわく》して違うのだと説明しかけた時だ。不意に目眩《めまい》に襲《おそ》われ、その場にしゃがみ込んでしまう。

「大丈夫か？　救急車を…」

「な…に言ってんだよ。もう……いいから、中入れって」

こんなところで言い合いするのはまずいと思い、壱は仕方なく灰田に部屋へ入るように促《うなが》した。壁《かべ》を頼って何とか立ち上がった壱は、するりと入り込んだクロと共にふらふらと奥へ向かう。

ドアの外で灰田は暫く悩《なや》んでいたのだが、小さく息を吐いて玄関《げんかん》の中へと足を踏み入れた。三和土《たたき》には壱のスニーカーが幾《いく》つか転がっており、ドアを後ろ手に閉めると、昼間だというのに真っ暗になる。電気が点《とも》っていないのは壱が明るさを嫌《きら》ってなのだろうと思い、そのまま、手探りのような状態で靴《くつ》を脱《ぬ》ぎ、廊下を進んだ。

開け放してあったドアから中へ入ると、クロが待ってくれていた。クロに小さな笑《え》みを向け、部屋を見渡《みわた》した灰田は内心で溜《た》め息を吐く。主があんな状態なのだから、恐《おそ》らく部屋も荒《あ》れているのだろうと予想はついていた。けれど、そこは灰田の想像を上回る荒寥《こうりょう》とした空間だった。

十畳《じょう》ほどの居間には壁際《かべぎわ》にソファが一つ置かれているだけで、他には何もなかった。カーテンは勿論、締《し》め切られているから真っ暗だ。居間に続いて、奥に座敷《ざしき》があり、開いた襖《ふすま》の間から、布団が敷《し》かれているのが微《かす》かに見える。窓のない部屋なのか、居間よりも更に黒い闇《やみ》があった。

壱は何処《どこ》に行ったのかと見回すと、ソファに横たわっていた。ぐったりとしたその姿に、灰田は眉《まゆ》を顰《ひそ》めながら近付く。

「…車を呼ぶから…」

「違うって。病気とかじゃない」

「しかし…」

「飯…食ってないから、目眩がするだけだよ」

壱から返って来た答えは意外なもので、灰田は言葉に詰《つ》まった。しかし、それならば解決法はすぐにある。

「じゃ、何か食べろよ。何もないなら、買って来てやるから。何がいい？」

「…いい。食うと吐くんだ。余計に体力消耗《しょうもう》する」

「……。…それを病気というんじゃないのか」

呆《あき》れた気分で灰田が言うと、壱が俯《うつむ》かせていた顔を上げる。苛《いら》ついたような色のある目を、灰田は冷静な気分で見返した。

「本当に大丈夫《だいじょうぶ》だから、放っておいてくれ」

「……心配なんだ」

正直な気持ちを口にする灰田に、壱は眉を顰める。深い溜《た》め息を吐き、寝返《ねがえ》りを打つと、仰《あお》向《む》けになって灰田の視線を避《さ》けるように両手で顔を覆《おお》った。弱っている分だけ、灰田の「声」が応《こた》える。同じ声で「心配なんだ」と言われてしまったら、無理矢理追い返すことなんて出来なくて。

「…今は…苦手な季節で、ちょっと…体調を崩《くず》してるだけなんだ。暫く休めば治るから。いつもなんだよ。この時期は」

「アレルギーがあるのか？」

「……ああ……そうかもしれない」

この季節に。音羽が亡くなった日を思い出させる、晴れた春の日に。自分は一生治らないアレルギーに罹《かか》ってしまっている。

曖昧《あいまい》な答えをする壱に、灰田が重ねて病院に行くのを勧めようとした時だ。入って来た時は部屋の薄暗《うすぐら》さに目が慣れていなくて気付かなかったが、壱が横たわっているソファの向こうに作りつけの棚《たな》がある。棚は部屋と同様にガランとしていたが、一つだけ、ぽつんと置かれているものが目に留まった。

写真立てが一つ。写っているのは壱と、クロと、灰田の知らない男だった。

「………」

薄暗い部屋の、遠目に見ただけでは、はっきりとした顔も分からなかったが、どういう間柄《あいだがら》なのかはすぐに確信出来た。灰田が吸い込まれるようにして写真を見つめていると、黙っている彼を不思議に思った壱が、顔に乗せていた手を退《ど》ける。

灰田をちらりと見ただけで、硬《かた》い表情の彼が何を見つけたのか、すぐに分かった。壱が微かに目を眇《すが》めて見ていると、視線に気付いた灰田が顔を動かす。じっと見て来る灰田に言う言葉はなくて黙っていると、暫くして、低い声が尋《たず》ねた。

「…恋人《こいびと》か？」

「ああ」

すぐに返って来た返事は小さなものだったが、揺《ゆ》らぎのない強さに満ちたものだった。壱に男性の恋人がいたことは不思議には思わなかった。灰田自身、壱に惹《ひ》かれた。その情熱やパワーは何処から生まれるのだろうと、見てみたいと思って、事務所を訪ねた。

壱がどんな人間なのか、知りたくて。

「……別れたのか？」

禁句なのかもしれないと思いつつ、灰田は好奇心《こうきしん》を抑《おさ》えきれずに尋ねていた。この一週間ほど、壱のところへ通っているが、写真の中にいる男を見たことはないし、その気配もなかった。

灰田の不躾《ぶしつけ》な問いに、壱は小さく苦笑する。

「まさか。別れてないよ」

「…喧嘩《けんか》中とか？」

「喧嘩になんか、ならない」

　答える壱の顔は優しいものになっていて、それを目にした灰田は、訳もなくしまったという気分になった。さっきまでやつれた顔で、心配する自分にも迷惑《めいわく》だと言いたげな表情を浮《う》かべていたのに。

　それだけあの男に惚《ほ》れているということか。そう思うと、自然と溜め息が漏《も》れていた。深いそれを密かに口から逃《に》がし、残念ながら自分の出る幕はなさそうだと、無表情な顔で壱を見つめる。

「…じゃ、呼んで、看病して貰えよ」

「……。…そうする」

　苦笑を浮かべていた壱の顔が僅《わず》かに強張《こわば》ったように見えて、気にはなったのだが、それ以上聞く気にはなれなかった。男女の関係と同じく、それが男同士だとしても、恋愛《れんあい》関係にあるのだから、色々とあるのだろう。灰田が踵《きびす》を返し、廊下《ろうか》へ向かい始めると、「なあ」と呼びかける壱の声が聞こえた。

「悪いけど、クロ、里見のところへ連れて行って」

「……分かった」

壱の側《そば》に座っていたクロは灰田に呼ばれると、困ったように二人をきょろきょろと見比べた。壱が「行けよ」と促すと、灰田の許《もと》へゆっくり歩いて行く。後ろ髪《がみ》を引かれるように。壱を振《ふ》り返りつつ、玄関まで付いて来たクロにリードをつけ、灰田は壱の部屋を出た。

廊下に出ると、まだ昼間だったのだと思い出す。階段を下り、建物を出ると、太陽の光が目に染みるほどだった。壱の部屋は夜のように暗かった。ぐったり横たわった姿や、やつれた顔を思い出すとやっぱり心配だったが、写真を思い出すことで、灰田はそんな気持ちを打ち消した。

「行こうか、クロ」

壱にはあの男がいるのだから。自分の気遣《きづか》いは迷惑なだけだ。そう自分に言い聞かせて、灰田はクロを連れ、いつもの散歩コースへと向かった。

灰田が次に丹野事務所を訪れたのは、それから三日後のことだった。本当はもう訪ねないでおこうと決めたのだが、どうしても壱のことが気になった。壱には頼《たよ》れる恋人がいるのだから大丈夫だと思っても、実際、写真しか目にしていない相手だから、時が経つにつれて疑心が大きくなった。

壱はとても相手のことを想っているようだったが、本当にうまくいってる関係なのだったら、彼はどうしてあんな閑散《かんさん》とした部屋で暮らしているのだろう。そんな疑問もあって、灰田は壱に会ってもう一度話がしたいと思った。

その日は朝から厚い雲が空を覆い、灰田が出掛《でか》ける頃《ころ》には雨が降り出した。雨脚《あまあし》はすぐに強さを増し、春の雨とは思えない降り方になった。事務所に着き、車を降りると、傘《かさ》を差し、庭の水溜《みずた》まりを避けて歩く。ロールスクリーンが上げられていたから、建物に近付くと中の様子が窺《うかが》えた。壱と綾子の姿は見えず、里見の背中だけがある。

玄関先《げんかんさき》に傘を置き、置いてあったマットで靴《くつ》の底を拭《ぬぐ》ってから中へ入ると、里見が嬉《うれ》しそうに挨拶《あいさつ》して来る。

「灰田さん。こんにちは」

「こんにちは。……皆《みんな》は？」

「綾子さんは打ち合わせで出掛けてるんですよ」

里見の答えはそれだけで、壱については触《ふ》れない。ということは、まだ自宅で伏《ふ》せっているのだろうかと思い、つい、顔が曇《くも》ってしまう。同時に、いつも飛んで来る存在がないのに気付いた。

「…クロは？」

灰田の声が聞こえると、クロは何処にいても駆《か》け付けて来るのに。外は雨だし、普段《ふだん》散歩を担当している里見は目の前にいる。どうしたのかと尋ねる灰田に、里見はちょっと困った顔になって言った。

「あー……壱さんのところです」

「自宅？」

「…ええ……」

たぶん…と付け加える里見の口調は歯切れの悪いものだった。灰田は不審《ふしん》に思いながら、壱の体調はよくなったのかと聞いた。クロの世話が出来るような余裕《よゆう》がないから、里見に預けていた筈《はず》なのだ。

「どうですかね…。天気がこんなだし……晴れてるよりはマシだと思いますけど…」

「…里見くんが忙《いそが》しくて世話出来ないのなら、俺がしよう。体調の悪い人間のところに置いていてもクロが可哀想《かわいそう》だ。連れに行って来ようか」

「あ、いいです。ていうか、出掛けてると思うし…」

「…こんな雨なのに？」

クロを連れて？　訝《いぶか》しげな表情になる灰田を前にして、里見は困惑《こんわく》した顔で頭を掻《か》いた。どうしたものかと迷っている様子だったが、じっと見る灰田の視線が強いものなのに負けて、渋々《しぶしぶ》口を開く。灰田の目には話すまで諦《あきら》めないという強さがあった。

「……壱さんに言わないでくれますか？　怒《おこ》られると思うんで」

「……ああ」

内容によると思ったが、約束しないことには里見は話さないだろうと思い、灰田は適当な返事をする。里見は椅子《いす》を回転させ、机から少し離《はな》れると、灰田を見ながら事情を打ち明けた。

「今日は……音羽さんって人の命日なんです」

「……」

命日、と聞いた瞬間《しゅんかん》、薄暗《うすぐら》い壱の部屋で見た写真が脳裏《のうり》に浮かんだ。壱は恋人だと言った。もしかして…という思いで声が出せない灰田に、里見は続ける。

「だから、壱さんはクロを連れて、お墓に行ってる筈なんですよ。クロは元々、その人が飼い始めたらしいんで。いつも連れて行くんです」

「……それは……丹野の……恋人か？」

懸命《けんめい》に理性を働かせ感情を抑え込み、灰田は途切《とぎ》れがちに尋ねる。里見がゆっくり頷《うなず》くのを見て、絶望的な気持ちが湧《わ》き上がった。どうして気付けなかったのかという、絶望的な、後悔《こうかい》だ。

「俺は…ここが出来てから参加したクチなんで、音羽さんとは面識ないし、よく知らないんですが…。亡くなったのは…確か、五年前なのかな。音羽さんの命日が近付くと、壱さん、思い出すみたいで体調崩《くず》すんですよ。だから……」

そういうことだったのかと、灰田は顔を歪《ゆが》め、掌《てのひら》を握《にぎ》り締《し》めた。話して貰《もら》えなかったとしても、あの部屋で壱を前にしている時に気付くべきではなかったか。別れたのかと聞いた自分に、別れてないと言い切った壱の気持ちを。

「…その墓というのは何処《どこ》に？」

「お墓ですか？　確か……八王子《はちおうじ》の…新光霊園《しんこうれいえん》だったかな。大きな…高台にある霊園でした。いつも命日の前の日に、綾子さんと柏木さんがお参りに行くんですけど、去年は俺も付いて行ったんで…」

「そうか…」

ありがとう、と礼を言うと、灰田はそのまま部屋を飛び出した。里見が背後から呼んでいるのに気付いてはいたが、振り返らずに玄関《げんかん》を出る。傘を差し、雨が降り続く庭を歩きながら、壱のことだけを考えていた。


通りを走っていたタクシーを捕《つか》まえ、霊園へ向かう間、灰田は車窓を流れて行く街を睨《にら》むようにして見ていた。自分に対する憤《いきどお》りと、壱に対する後悔が鬩《せめ》ぎ合って、眉間《みけん》の皺《しわ》が深くなる。看病に来て貰えと言った自分に、壱はどうして返事をしたのか。

車を降りると、更《さら》に強さを増した雨で、傘を差していても濡《ぬ》れてしまう程だった。管理事務所で「音羽」という名前を頼りに墓を探して貰うと、余りない名字だったのが幸いして、すぐに場所が分かった。

「これが地図になります。広いのと坂が多いのとで方向が分からなくなるといけませんから」

その墓があるのは、霊園の中でも高台に当たる場所で、管理事務所から随分離《ずいぶんはな》れていた。事務員から渡《わた》された地図を頼りに、階段を上り切ると、眼下に街並みが広がっているのが見えた。酷《ひど》い雨だから視界が煙《けむ》ってしまってはっきりしないが、晴れた日には見晴らしがよいだろう。

そんなことを思いながら、墓の方向へ一歩を踏《ふ》み出すと、すぐにその場所が分かった。石畳《いしだたみ》の通路の向こうに、しゃがんでいる人影《ひとかげ》と、犬の姿が見える。犬はレインコートを着ているが、人間の方は傘もさしていない。灰田は小さく舌打ちし、足を速めた。

先に気付いたのは、クロだった。お座りしていたクロが尻《しり》を浮《う》かせ、尻尾《しっぽ》を振るのに気付いて、隣《となり》にいた壱が顔を上げる。ずぶ濡れになっている壱を見て、灰田は側《そば》まで駆け付け、傘を差し掛《か》けた。

「……傘は？」

「…誰《だれ》に？」

傘はないのかと聞く灰田に、壱は違《ちが》う問いを返す。数日前よりもやつれたように見える壱は、ずぶ濡れのせいもあって、消えてしまいそうな儚《はかな》さがあった。灰田は小さな溜《た》め息を零《こぼ》すと、目の前にある墓を見た。

墓碑銘《ぼひめい》にある「音羽家」という名を確認してから、「すまなかった」と詫《わ》びる。

「知らなくて…」

失礼なことを言った…と謝る灰田に、壱は何も言わずに、再び墓の方へ顔を向けた。命日ということもあって、墓は溢《あふ》れんばかりの花で飾《かざ》られていた。墓に付属している花入れだけでは足りなくて、周囲を囲むようにして花が山ほど手向《たむ》けられている。

里見は亡くなったのは五年前だと言っていたが、今もこれ程慕《した》われるような人物だったのだろう。今でも、恋人《こいびと》が墓の前から動けない程。

「朝から……いるのか？」

「…出掛ける時は降ってなかったんだ。クロにはレインコートを持って来たんだけど、自分のは忘れてた」

　雨音に消されてしまいそうな小さな声で言う壱の顔は墓の方を向いたままだった。その横顔を見下ろしながら、灰田は黙《だま》って立っていた。壱は何を思っているのだろう。何を願っているのだろう。傘に当たる雨粒《あまつぶ》がばちばちと音を立てる。傘の大部分を壱に差し掛けていたから、灰田の半身はずぶ濡れになっていたけれど、気にならなかった。

　無言で墓を見つめている横顔から視線が外せなかった。時間が止まったみたいな空間で、ひたすら雨の音を聞いていた。壱が泣いていると気付いたのは、傘を差し掛けて三十分以上が経ってからだった。

　ずぶ濡れだった顔が少しずつ乾《かわ》いてきたせいで、涙《なみだ》が頬《ほお》を濡らしているのに気付く。自分が側にいることも、すっかり忘れてしまったみたいに泣いている壱を見ていたら、灰田は本音を漏《も》らしていた。

「…好きになってもいいか？」

　本当はそんな場所で言うべき台詞《せりふ》でないと分かっていた。五年も前に亡くなった恋人の墓を前にして、泣き続ける人間には戯《ざ》れ言としか捉《とら》えて貰えないだろう。そう分かっていたのに、どうしても溢れる気持ちを止められなかった。

　灰田にとって、そんなことは初めてで。いや、壱に出会ってから、全《すべ》てが狂《くる》い始めていた。そのきっかけを待っていたのかもしれなかったけれど、それよりも壱から受ける影響《えいきょう》の方がず

っと大きかった。

低い声は雨音にも負けない強さを持っていて、壱は一瞬《いっしゅん》、怯《おび》えるように固まった後、ゆっくり灰田を見る。その顔は辛《つら》そうで、唇《くちびる》を歪めて笑おうとしているのが痛々しげだった。

「……何言ってんの」

「たぶん……初めて会った時から好きだった」

言うつもりじゃなかった。初めて強く惹《ひ》かれた相手が男で、しかも自分に挑戦《ちょうせん》的な態度を取るような人間だというのは、本来の灰田にとっては認めたくないことだったから。「好きだ」と告白するのも、初めてで。それまでの人生では、自分から告白して想いを伝えたいと願うような相手には出会わなかった。

これが初めての告白なんて。どきどきするなんて気持ちには遠い。未来を期待することも出来ない。ただ、壱に対する決意があるだけだ。

「……」

灰田の言葉を聞いた瞬間、壱の顔に浮かんでいた皮肉めいた笑《え》みが消える。眉《まゆ》を顰《ひそ》め、辛そうに顔を強張らせた壱は、震《ふる》える唇で呟《つぶや》いた。

「な…んで……そんなこと…言うんだよ……」

苦しげに首を振《ふ》り、壱は表情を隠《かく》すように膝《ひざ》に顔を埋《うず》めた。そのまま動かなくなった彼を、灰田は暫《しばら》く見つめていたのだが、雨脚《あまあし》が更に強くなったのを見て、促《うなが》した。

「……風邪《かぜ》をひく。帰ろう。…クロもずぶ濡れだ」

壱が酷《ひど》く体力を消耗《しょうもう》しているのは見ているだけで明らかだった。スーツ姿の灰田でさえ寒さを感じるのに、壱はいつも通り、Tシャツ一枚だ。濡れた肩《かた》や背中は震えているように見えて、限界を感じた。

返事をしない壱に、灰田は重ねて「帰ろう」と呼びかけた。少しして、壱ははあと大きく息を吐《は》くと、俯《うつむ》かせていた顔を上げる。墓の方を見たまま、灰田に小さな声で頼《たの》んだ。

「……もう少し、いたいんだ。……クロだけ、連れて帰ってくれないか」

「…分かった。じゃ、管理事務所の隣にあった待合で待っているから。傘《かさ》だけは差せ」

そう言って、壱に強引《ごういん》に傘を押し付けると、灰田はクロを連れて雨に打たれながら歩き始める。何度も壱を振り返るクロを可哀想《かわいそう》に思いつつ、階段の手前で立ち止まった。振り返り、遠く離《はな》れて見た壱の姿は、雨に霞《かす》んでよく見えなかった。

待合に着くと、雨の平日ということもあるのか、誰もいなかった。軒先《のきさき》でレインコートを外してやり、自分で身震《みぶる》いして滴《しずく》をはね除《の》けたクロと共に中へ入る。入り口近くのベンチに腰掛《こしか》け、窓から降り続く雨を眺《なが》めていた。

壱はもう少しと言ったけれど、一時間待っても戻《もど》って来ないようなら、迎《むか》えに行こうと思った。晴れた日には暑いくらいでも、雨の日はぐんと気温が低くなる。その上、壱は長い間雨に打たれていたせいで、冷え切ってしまっている筈《はず》だ。元々、弱っていた身体《からだ》には殊更《ことさら》応《こた》えているだろう。

今も墓の前で頭を垂れているであろう壱の姿を胸に浮かべながら、灰田は携帯《けいたい》を取り出した。びしょ濡れの壱とクロをタクシーに乗せるのは無理だと判断し、迎えの車を呼んだ。三十分程で着くという返事を了承《りょうしょう》し、ついでにタオルや毛布を持って来てくれるように頼んで携帯を仕《し》舞《ま》う。雨は一向に止《や》む気配がない。暗い世界は壱の部屋を思い出させて、長い溜め息が漏れた。

考え事をしている内にあっという間に三十分が過ぎ、迎えを頼んだ運転手から携帯に連絡《れんらく》が入った。そのまま待っていて欲しいと伝え、時計を見る。一時間と決めて待っているのだが、少し早いが様子を見に行ってみようかと思い、低い声で呟いた。

「…どう思う？」

足下《あしもと》に寝《ね》そべっているクロを見ると、賛成ではないような顔をされている気がした。やはり壱が自ら戻って来るのを待っていた方がいいかと、灰田が諦《あきら》めかけた時。クロがすくっと立ち上がった。

「……」

クロの座っている場所からは扉《とびら》が邪魔《じゃま》をして外が見えなかったのだけれど、やはり犬だ。気配を察したらしく、灰田が外を見ると、傘を差して歩いて来る壱の姿が見えた。

灰田はほっとして立ち上がり、扉を開けてクロと共に外へ出た。濡れるのも構わず、壱の側へ小走りで駆《か》け付けると、彼は真っ白な顔を上げて灰田とクロを見る。先に近付いて来るクロの為《ため》に屈《かが》んで、傘を横に置いて濡《ぬ》れた犬を抱《だ》き締《し》めた。

「……ありがとな。濡れちゃったな」

クロに礼を言うと、壱は灰田を見上げた。置いた傘を持ち、差し掛けてくれる彼にも「ありがとう」と礼を言う。

「…車を呼んだ。家まで送る」

「いいよ」

灰田の申し出を即座《そくざ》に断り、壱は立ち上がった。しかし、勢いよく立ったせいで、立《た》ちくらみを起こしてふらついてしまう。

「…っ」

傘を持ち替《か》え、さっと壱の身体を抱《かか》えた灰田は顔を顰《しか》めて小さな顔を見た。意地を張れるような状態じゃないと、自分で分からないのかと叱《しか》りたくなる心を抑《おさ》えて、現実的な問題を指摘《してき》した。

「…こんなに濡れた人間と犬じゃ、タクシーに断られるぞ」

「歩いて帰る」

「立っただけでふらついてるのにか？　ここは素直《すなお》に俺の言うことを聞け」

「俺は…」

「丹野」

まだも言い返そうとする壱を窘《たしな》めるように、灰田は声を強めて名前を呼んだ。その瞬間《しゅんかん》、壱はびくんと身体を震わせた。その表情は強張《こわば》っていて、見開いた瞳《ひとみ》から涙が溢《あふ》れるのを、灰田は間近で目にした。

名前を呼んだだけでどうして壱が涙を零《こぼ》すのか。この前もそうだった。泣くような理由はない筈なのに、壱は涙を零していた。

「……どうして泣くんだ？」

「……っ…」

本当のことは言えなくて、壱は両手で顔を覆《おお》って、灰田から離れようと身体を捻《ひね》る。しかし、傘を放り出した灰田に強く引き寄せられ、抱き締められた。誰かに力強く抱き締められるのは久しぶりで、弱っている分だけ、縋《すが》ってしまいそうになる心を抑えるのに必死になるのだけど。

「泣くな」

耳元で聞こえる灰田の声が、心を震わせる。もう二度と聞けないと思っていたのと同じ声が紡《つむ》ぐ言葉は、どんなに理性を働かせても誤解を生んでしまうから。

違《ちが》うと分かっているのに。灰田を拒《こば》みきれないまま、壱は涙を流し続けていた。


灰田に手を引かれ、正門の車寄せへと連れて行かれると、彼が呼んだという車が待っていた。ぼんやりと、夢の中にいるような気分だった壱は、その車を見て、はっと我に返る。黒く光るベンツは異彩《いさい》を放っていて、壱は戸惑《とまど》った気分で灰田を見たが、彼の視線は車から降りて来る男の方へ向けられていた。

運転席から降りて来た男はスーツ姿で、灰田に一礼してから、「如何致《いかがいた》しましょうか」と丁寧《ていねい》な口調で尋《たず》ねた。

「クロは…後部座席の方がいいな。タオルを敷《し》いてくれますか。助手席側へ乗せます」

「はい。毛布もご用意してきましたが…」

「それはこちらの彼に使います。私は助手席に乗りますから」

「畏《かしこ》まりました」

運転手がクロの為にタオルを敷くと、灰田はそこへ犬を乗せ、その隣《となり》へ座るよう壱を促した。戸惑い顔で車に乗り込んだ壱の背中に、灰田は毛布を被《かぶ》せ、細い身体をくるむ。

「な…なあ。この車って…」

「…会社の車だ」

小声で尋ねる壱に、灰田は短く答えて、後部座席のドアを閉めた。自ら助手席のドアを開けて乗り込むと、用意の出来た運転手に行き先を告げる。砧まで。静かに車が動き出すと、壱は振り返って霊園《れいえん》を見つめた。また来年。心の中で呟いて目を閉じる。苦しくてせつなくて、どうしようもなくなるから、音羽が眠《ねむ》る墓を訪ねるのは一年に一度と決めていた。

音羽が逝《い》ってしまった、その日だけ。

「……っ」

車が通りに出て左折すると、壱は前を向いて息を吐いた。自然と溢れていた涙《なみだ》を拭《ぬぐ》い、シートに凭《もた》れかかる。隣のクロが心配げな顔で見ているのに気付き、安心させるように微笑《ほほえ》んだが、とても笑みには見えぬような表情だった。

音羽が亡くなってから、毎年命日の日は嫌《いや》になるような晴天だった。音羽が亡くなったその日を思い出させるような青い空や、爽《さわ》やかな日差しに、悪い思い出が甦《よみがえ》って来て、倒《たお》れそうになりながら墓参りに訪れた。こんな雨は初めてで。日差しがないから、朝はいつもよりも元気だったのに、雨に当たったのがいけなかった。

その上、体力が落ちたところへ苦手な車に乗らなくてはいけなくなってしまった。それがどんな車種であろうと、苦手なのに変わりはなくて、間もなくして壱は崩《くず》れるようにシートに横たわった。

「どうした？」

壱の異変にいち早く気付いた灰田が助手席から振《ふ》り返って尋ねる。車が苦手なのだと答える余力は、壱には残っていなかった。返事のない壱に、灰田は危機感を覚えて運転手に車を停めるように指示を出す。車が路肩《ろかた》に停車すると、灰田は素早く助手席を降りて、後部座席のドアを開けた。

「大丈夫《だいじょうぶ》か？」

「……ん……」

微《かす》かな返事しかない壱を心配し、灰田はクロを一旦《いったん》車から降ろすと、助手席へ乗せた。自らは壱の隣に乗り込み、運転手に行き先を変更《へんこう》し、病院へ行くよう声をかける。それを耳にした壱ははっとして、すぐ側《そば》にある灰田の手を握《にぎ》った。

「ち…違う…。大丈夫だから……ちょっと…車が…苦手なんだ…」

「…車酔《くるまよ》いか？」

「…精神的なものだから……」

大丈夫だと繰《く》り返す壱を見ながら灰田は暫《しば》し考えていたが、運転手に壱のマンションへ急ぐよう、指示を変更した。車が走り出すと壱はほっと息を吐《は》き、擡《もた》げていた頭を再びシートへ落とす。そのまま目を閉じたが、ぐいと頭を持ち上げられ、驚《おどろ》いて声を上げる。

「っ…わ…」

「脚《あし》を上にあげた方が楽だろう」

灰田の膝《ひざ》に頭を乗せられ、下ろしていた脚をシートの上へと持ち上げられた。身体《からだ》を不自然な形で捻る体勢よりもずっと楽になったのだが、灰田に膝枕《ひざまくら》されているというのがどうもしっくり来なくて、壱は困惑《こんわく》した目を上に向ける。

「…あの…さ…」

「気にしなくていいから。楽な格好で寝てろ。気持ちが悪いようなら言ってくれ。すぐに車を停めさせる」

「……うん…」

自分を気遣《きづか》う言葉は、その声だからこそ、素直に頷《うなず》けるものだった。弱っていたせいもあって。それまでよりもずっと、灰田の声が身体に染みた。深く息を吐いて目を閉じると、人の身体に触《ふ》れているせいか、いつもよりも車の揺《ゆ》れや振動《しんどう》が気にならなかった。

眠ってしまいそうな心地《ここち》よさの中でたゆたっていると、間もなくして「着いたぞ」という声が聞こえた。びっくりする程、短い時間で、壱はぱちりと目を開けて灰田を見る。

「もう?」

「寝《ね》てたんだ。三十分は経ってるぞ」

苦笑する灰田にそう言われ、壱は微かな息を吐いて身体を起こした。灰田の手を借り、車を降りると、送ってくれた運転手に頭を下げて、クロと共にマンションへ入る。灰田は運転手と共に帰って行くのかと思ったが、一緒《いっしょ》に付いて来るのを見て、困惑した気分になった。

「…色々…ごめん。少し寝たら回復したから…」

「早く部屋に上がって、服を着替《きが》えた方がいい。そのままじゃ熱でも出かねない」

真剣《しんけん》な顔で勧《すす》める灰田に、壱は「もういいから」と強く言うことは出来なかった。ここでい い。お前はもう帰れよ。いつもだったらそう言えたのに、身体だけでなく、判断力も鈍《にぶ》ってしまっていた。クロのリードを代わって持ち、階段を上がる灰田の後に続く。

部屋の鍵《かぎ》を開けると、灰田はクロの世話は自分がするから、先に着替えるようにと壱に言った。濡れているクロの身体や足を拭《ふ》き始める灰田に後を頼《たの》み、壱は浴室へ向かい、濡れた服を脱《ぬ》いで、新しいTシャツとジーンズに着替える。脱いだ衣類を洗濯機《せんたくき》に放り込み、居間へ行くと、灰田がクロに水を与《あた》えていた。

朝、起きた時にはもう厚い雲が空を覆っていて、太陽が顔を出す気配がなかったから、カーテンを開けたままにしてあった。それでも、外は土砂降りに近く、夕方であるせいもあって、部屋の中は殆《ほとん》ど真っ暗だ。闇《やみ》の中で、灰田の顔をはっきり見なくて済むのに、壱は少しだけ救われる気分で声をかける。

「…ありがとう。後は…自分で出来る」

「…っ…びっくりした。いたのか」

壱が居間に入って来たのに気付いていなかった灰田は、突然《とつぜん》聞こえた声に驚いて顔を上げた。クロの側で屈《かが》んでいた身体を起こし、壱の近くまで歩み寄ると、「気分は？」と聞く。

「…平気。迷惑《めいわく》かけてすまなかった」

「クロを里見くんの所へ連れて行っておこうか」

「いや…もう大丈夫だから」

確かに壱の纏《まと》う空気からは、先日訪ねた時のような脆《もろ》さはなくなっていた。立っているのもしんどそうで、ソファに寝そべって受け答えをしていたような状態ではない。これはきっと、体力が戻《もど》ったというのではなくて、心が回復したのだろうと、灰田は静かに壱を見つめた。

命日の墓参りが終わったから。壱は毎年、こんなことを続けているのだろうか。そう考えると、せつなくなった。

「…墓の前で言ったこと。本気だから」

「……」

「俺はお前が好きだ」

はっきりと、灰田が想いを口にすると、壱の顔が歪《ゆが》んだ。苦しげにも、嫌そうにも見える表情は、壱の事情を考えると納得《なっとく》出来るものであったが、みるみる間に溢《あふ》れて来る涙は解せなかった。

頬《ほお》を伝う涙を見つめながら、灰田は囁《ささや》くような声で尋ねる。

「どうして……泣くんだ？」

「そんな声で……そんなこと……言うなよ……」

「声？」

言うつもりじゃなかったのに、不意を衝《つ》かれたのに動揺《どうよう》して、隠《かく》していたことが口を突いて出てしまう。墓で灰田に告白されたのを気にしていたから、部屋に入れるのを躊躇《ためら》った。それまで、灰田が自分をどう想っているかなんて、考えもしなかった。考える余裕《よゆう》がなかった。

近付いて来る音羽の命日を怯《おび》える心の方が大きくて。毎日のように訪ねて来る灰田を物好きだと思う程度で片付けていた。けど、好きになってもいいかと聞かれた時、驚くのと同時に、やっぱりという思いも浮《う》かんだ。そうだとしたら、不可思議に思えた灰田の行動の意味が分かる。

どんな相手に想われたとしても、拒絶《きょぜつ》するつもりだった。自分の恋人《こいびと》は生涯《しょうがい》、音羽だけだ。それ以外の人間は有り得ない。どんなに偉《えら》くても、賢《かしこ》くても、格好良くても、優しくても。音羽には敵《かな》わない。

そう思って来たのに。

「……似てるんだ……」

「……」

壱が聞き取れぬ程の声で発した言葉を聞いた時、灰田は「ああ」と心の中で相槌《あいづち》を打った。だから。壱が自分の言葉で突然、涙《なみだ》を流した訳が分かる。自分の声は、亡くなった壱の恋人のそれと似ているのだ。そう解った時、灰田は壱の腕《うで》を掴《つか》んで自分の胸へと引き寄せていた。

「…っ……はな…せ…」

「…目を閉じて…」

「っ…」

「声だけ…聞いててくれればいい。……壱」

灰田が深い声音《こわね》で「壱」と呼びかけると、腕の中で抵抗《ていこう》しようとしていた身体が力を抜《ぬ》く。凭《もた》れかかって来る壱を受け止め、泣いているような息遣《いきづか》いを聞きながら、灰田は痩《や》せた背中をしっかりと抱《だ》き締《し》めた。

抱き締めて来る灰田のスーツは雨に濡《ぬ》れたせいか、ひんやりとしていた。灰田の声が「壱」と発するのを聞くと、身体から力が抜けた。頭では違《ちが》うと分かっていた。有り得ないと思っていた。なのに。抵抗出来なくて、口付けて来る灰田を拒《こば》めなかった。

「……っ……」

久しぶりのキスは甘いという感覚には遠いものだった。一頻《ひとしき》り口付け、灰田の唇《くちびる》が離《はな》れると、息を逃《に》がす。冷たいか？　と聞く声に、壱は緩《ゆる》く首を振った。

「震《ふる》えてる…」

囁くような声は更《さら》に音羽に似ているように感じて、壱は目を閉じたまま、顔を俯《うつむ》かせる。閉じ込めた記憶《きおく》が凄《すご》い勢いで飛び出して来て、目眩《めまい》を覚える程だ。音羽と過ごした日々。二度と帰らないと思っていた時間。

灰田が脱いだ上着を床《ゆか》に落とすと、重い音がして、壱ははっとして瞼《まぶた》を開けた。スーツなんて。音羽はプレゼンの時にしか着なかった。いつもその堅苦《かたくる》しさにちょっと文句を言って、けれど、とても似合っていた。逆に、自分はスーツが全く似合わなくて。

壱はネクタイ、似合わないなあ。そう言って、からかわれた。断片的に出て来る記憶が誤解を深くして、腕を掴んで奥へと誘《さそ》う灰田の手を振《ふ》り払《はら》えない。諾々《だくだく》と従い、布団が敷《し》きっぱなしになっている和室へ入ると、付いて来たクロに灰田が話しかける声が聞こえた。

「…ごめんな、クロ」

優しく言って、襖《ふすま》を閉める。ごめんな。音羽もいつもそう言って、クロに謝っていたのを思い出す。抱き合う時、一匹《ぴき》にしてしまうのを可哀想《かわいそう》に思って、殊更優《ことさらやさ》しい声でクロに詫《わ》びていた。

「……っ…」

また涙が溢れ出して止まらなくなる。息もうまく出来なくて、しゃくり上げるような音を漏《も》らすと、灰田の腕に抱き締められた。

「…泣くな…よ」

「っ……だ…めだ……」

頭では駄目《だめ》だと思っているのに、身体《からだ》と心が言うことを聞いてくれない。涙を拭《ぬぐ》うように顔にキスをされ、壱は緩く首を横に振った。そんな壱を優しく拘束《こうそく》し、灰田はキスをしながら、布団の上へと横たえる。

「…っ……俺は……っ……」

「今だけ……何も考えるな。俺の声だけ……聞いてたらいいから」

「…っ……」

「壱」

真っ暗な部屋で、抱き締められながら名前を呼ばれると、嫌《いや》でも錯覚《さっかく》してしまう。ぞっとするくらい、そっくりで。音羽が戻って来たように思えて。

「ん……っ……」

唇を塞《ふさ》がれ、口内に忍《しの》んで来る舌を受け入れる。与えられる快感に夢中になって、あっという間に身体が熱くなった。音羽を亡くして以来、誰《だれ》とも触《ふ》れ合ったことはなかった。そういう感覚を覚えるのも久しぶりで、芯《しん》が疼《うず》くのに、壱は戸惑《とまど》って眉《まゆ》を顰《ひそ》める。

「…っ……ん……っ……ふ…」

長いキスは全《すべ》てを忘れさせる力を持っていた。今だけ。灰田が囁いた呪文《じゅもん》が頭の中で回っている。今だけ。甘えてもいいのだと、自分を騙《だま》して、灰田の背に手を回した。

身体がせつない快楽に満たされていくのを感じながらキスを受け止めていると、灰田の手がTシャツを潜《くぐ》り抜けて肌《はだ》に触れて来る。冷たい感触《かんしょく》にビクンと腹が震える。灰田はすぐに口付けを解いて、窺《うかが》うような声で聞いた。

「…冷たかったか？」

「…ん……」

すまない…と詫びる声に、首を横に振る。同じ声でも、時折混じる灰田らしい言葉遣いに、魔法《まほう》が解けそうになった。音羽は「すまない」なんて言わなかった。自分はいけない錯覚を抱《いだ》いている。こんなことやめなきゃいけない。

言葉にして考える前に、Tシャツを脱《ぬ》がされ、再びキスされて、理性が沈《しず》んでいく。

「んっ……」

裸《はだか》になった身体を抱き締められると、灰田のシャツがしっとりと濡れているのが直《じか》に感じられた。自分に傘《かさ》を預け、雨の中をクロと歩いて行ったせいだ。そう思うと不快には感じなくて、逆に申し訳ないような気持ちになる。

肌をまさぐる灰田の手は、すぐに温かくなった。触れられた場所の温度が増していく。くまなく触れて来る掌《てのひら》に、身体中を熱くされる。唇が離れると、壱は甘みを帯びた息を漏らした。

「っ…は…あ…」

「壱…」

耳元で名前を呼び、首筋を愛撫《あいぶ》して来る灰田の髪《かみ》に触れる。縋《すが》るように握《にぎ》り締め、鎖骨《さこつ》から胸へと伸《の》びた舌先が突起《とっき》を弄《いじ》ると、反射的に力を込めた。

「あ…っ…ん…っ…」

身体が酷《ひど》く敏感《びんかん》になっていて、感じるのを止められなかった。長く快楽を味わっていなかった身体は、乾《かわ》いた紙のように勢いよく吸い取っていく。唇に含《ふく》まれ、少し吸われただけで突起が硬《かた》くなった。

焦《じ》れったいような感覚が腹の底から湧《わ》き上がって身を捩《よじ》りたくなる。壱は緩く開いた口から息を逃《のが》し、熱くなっていく身体がはしたなくならぬよう、懸命《けんめい》に諫《いさ》めた。

「…っ……ん…っ……あ…っ…」

次第《しだい》に甘さを増していく声が、闇《やみ》に溶《と》け込んで、空気を濃密《のうみつ》なものに変えていく。微《かす》かに動く足先や身体が立てる衣擦《きぬず》れの音や、息遣いが、それに艶《つや》やかな色を加えて、二人を包み込む。

重ねられていた灰田の身体が浮き、ジーンズのボタンに手をかける気配に気付いて、壱は息を深く吐《は》いた。嫌だと、止めるなら今だと思うのに。

「…っ…」

感じている快楽や、人肌《ひとはだ》の温かさが抵抗を失わせる。灰田の声だけじゃなくて。静かに、真《しん》摯《し》に抱いてくれる灰田の優しさが、弱った心に染みていた。孤独《こどく》とか、寂《さび》しさとか。意識しないようにして来たのに。

信頼《しんらい》出来る仲間に恵《めぐ》まれている。仕事は忙《いそが》しい。クロだっている。だから、自分は平気だと強く思うことで、堅く殻《から》で固めて見ないようにして来たものを、ぐるりと剝《む》いて突《つ》きつけられた気分だった。

平気じゃなかったのだと、見せつけられたようで。

「っ……ん……あっ……や……っ」

下衣を脱がされ、外に出たものを掌に包まれると、思わず高い声が漏れる。優しく愛撫され、硬さを増していくものが急激に熱くなる。達したいという衝動《しょうどう》もずっとなくて、触れられるのと同じくらい、久しぶりだった。

「あっ……ん……っ……」

胸を嬲《なぶ》っていた舌先が腹へと移動し、指で支えた先に触れる。灰田は脚《あし》の間に顔を埋《うず》め、全体を口に含んで愛撫した。口内の濡れた感触は特別なもので、壱は伸ばしていた脚を折り曲げ、膝《ひざ》に力を込める。

「っ……んっ……だ……めっ……」

舌を絡《から》められるだけでも感じてしまうのに、唇で扱《しご》かれたりしたら、すぐにでも達してしまいそうだった。熱くなるスピードが速過ぎて、我慢《がまん》が追いつかない。駄目だと、声で制しても、灰田の行為《こうい》は止まらなかった。

「ん……っ……ふ……っ……あっ……」

ぎゅっと灰田の髪を摑《つか》んで訴《うった》えてみても、彼は口での愛撫をやめない。くちゅくちゅと唇で吸う音が暗闇《くらやみ》に響《ひび》く。勃起《ぼっき》した先端《せんたん》を舌先で弄られると、液が溢《あふ》れ出す。濡《ぬ》れた感触は灰田の唾液《だえき》だけじゃなくて、自分が漏らしている液のせいもあるのだと思うと、下腹部がぐんと重くなった。

「離し……て……っ……だ…めだっ……」

いってしまうから、退《ど》いて欲しいと伝えようと、壱は肘《ひじ》をついて上半身を起こす。その気配に気付いた灰田が、濡れたものに口付けながら視線を上げる。壱の目に入った灰田の顔は、闇の中でも欲情しているのだと分かるものだった。

そして、当然だけど、それは音羽の顔《かお》じゃなくて。壱は叫《さけ》び出したいような苦しさを覚えて、布団へ身体を沈める。両手で顔を覆い、声にならぬ音を漏らした。

「っ……ふ…っ…」

音羽じゃなくても、自分の身体は感じるのだ。そんな当たり前のことに打ちのめされる。心がショックを受けても、続けられる灰田の愛撫によって衝動は大きくなっていってる。死んでしまいそうな哀《かな》しさを抱《かか》えていても、時間が経てばお腹《なか》が空いたあの時のように。

「あ…っ…」

限界が近付いていたものを、唇《くちびる》と指できつく扱かれると、欲望が堰《せき》を切った。溢れ出す液を灰田の掌が受け止めてくれる。硬いものをびくびく震わせながら全《すべ》てを出し切り、壱は深々と息を吐いた。

「…っ…は…あっ…」

欲望と一緒《いっしょ》に溢れた涙で視界が滲《にじ》む。拭おうとする手を優しく退けられ、灰田の唇で水滴《すいてき》を吸い取られる。

「…壱」

「……っ…」

目を閉じて聞く灰田の声は、やっぱりそっくりで、壱はどうしようも出来ない自分を痛感するしかなかった。口付けを受け止め、脚を開かせる灰田の手に従う。濡れた指で奥に触れられると、身体が自然と震《ふる》えた。

「…っ…ん」

ぬるりとした感触に助けられ、入り口を弄っていた指が中に挿《はい》って来る。息を吐き、身体を緩《ゆる》めようとするのだけど、長い間、触れられていなかった場所は狭《せま》くなっていて、不快感が酷《ひど》かった。

「…ふ…っ……ん……っ……」

「…痛く…ないか？」

「っ……」

労《いたわ》るような声音《こわね》に、壱は目を閉じたまま、首を横に振《ふ》る。灰田に抱《だ》かれたいと思う気持ちは、正直、全くなかったけれど、同じように拒《こば》む気持ちもなかった。ただ、耳に聞こえる声と、人肌の温かさが心地《ここち》よくて。

いけないと分かっていても、惑《まど》わされている自分を諌められなかった。

「…は…あっ……んっ……」

奥へ進んだ灰田の指が中を解《ほぐ》すように動くのに、次第に息が熱くなる。初めて味わう快楽じやない。かつて覚えた快感を身体は忘れていなくて、感じる場所に当たる度に身体が揺《ゆ》れる。はしたなく思っても、抑《おさ》えきれなくて。壱はそっと上げた手で灰田の顔に触《ふ》れた。

「…ふ…っ……」

端正《たんせい》な顔を指先で辿《たど》って、唇に触れる。キスが欲しいと、言葉には出来ないから。ねだるように唇を弄ると、灰田が身を屈《かが》めて口付けて来る。

「ん…っ……」

深いキスに満足して、灰田の舌を味わっていると、後ろの指を増やされた。狭い場所を広げるような動きに息苦しさを感じたけれど、口で得る悦楽《えつらく》で紛《まぎ》らわされる。愛撫で漏《も》れる粘着質《ねんちゃくしつ》な音も気にならず、壱は夢中になって口付けた。

「…っ…ん……っ…は…あ」

後ろから指を抜《ぬ》くのと同時に、灰田は口付けを解き、自分のシャツに手をかけた。彼が服を脱ぐ気配を、壱は目を閉じたまま、感じていた。弄られた中が熱く潤《うる》んでいるのが分かる。こんな風に再び、誰かに抱かれる日が来るなんて。考えもしなかった。そう思ってしまうと、急激な後悔《こうかい》が生まれた。

「……っ…」

やっぱりいけないと、壱が目を開けようとした時。裸《はだか》になった灰田が覆い被《かぶ》さって来る。耳元で「壱」と名前を呼ばれると、一瞬《いっしゅん》で、力が抜けた。

「……好きだ」

そして、付け加えられた一言で、雁字搦《がんじがら》めにされる。好きだ、壱。甘い囁《ささや》きは、かつて一番好きだった言葉だ。

「……」

脚を持ち上げられ、入り口に硬いものをあてがわれると、身体《からだ》が緊張《きんちょう》して硬くなった。息を吐き、出来るだけ力を抜いて、挿って来る灰田を受け入れる。

「……っ……ん…っ…は…あ」

灰田が息を吐く音が聞こえ、壱は背中に手を回した。大きくて硬い背中の感触《かんしょく》は音羽と同じで、混同してしまう。ぎゅうと掌《てのひら》に力を込めると、奥まで挿り切った灰田が、「ごめん」と謝った。

「…っ……ふ…うっ……んっ…」

「……っ……」

「…苦しい…か？」

答えたくても声が出なくて、首を小さく横に振る。苦しくないと言えば嘘《うそ》になるけれど、耐《た》えきれない程ではない。中にある灰田のものが脈打っているのが分かるような錯覚《さっかく》を覚えている。

繋《つな》がることに悦《よろこ》びを感じられると分かったのはいつだったろう。音羽に初めて抱かれた時。苦しくて、痛くて、ぼろぼろになった。好きで好きで堪《たま》らなくて、自分から望んだ恋《こい》だったから、何もかも我慢しなきゃいけないと思ってた。でも、やっぱり、負担が大きくて。想いと身

体が両立しないのが歯痒《はがゆ》かった。

時間を積み上げて、次第《しだい》に自分からも求められるようになった。好きだと、言ってくれる愛《いと》しい人の為《ため》に。

「…っ……」

「壱…？」

自然と溢れ出した涙《なみだ》に気付いた灰田が、不安げな声で名前を呼ぶのにはっとして目を開けた。ぼやけた視界では、灰田の顔ははっきり見えなくて、壱は息を吐《は》いて首を振る。

「ち…がう……」

身体が辛《つら》くて泣いているのではない。そう伝えたくても声が出ない。灰田の脇腹《わきばら》に触れていた手を、彼の首に回し、そっと頭を引き寄せて口付ける。軽いキスはすぐに深くなり、口内を探られるのに夢中になった。

「っ…ん…っ……んっ…」

腰《こし》を掴んで動き始める灰田が奥まで挿り込んで来る快感に翻弄《ほんろう》される。最奥《さいおう》を突かれると身体が痺《しび》れるように感じた。灰田の動きに合わせて腰を揺らめかせながら、壱は何もかもを忘れて快楽に没頭《ぼっとう》する。

「…っ……ん…っ…ふ……あっ……」

「壱…」

低い声が耳元で名前を呼ぶ。密やかな溜《た》め息のような呼び声が身体の奥まで染み込んで行く。

灰田にしがみつくように抱き付き、顔を肩《かた》に埋《うず》めたまま、涙を流し続けた。二度と誰《だれ》かと肌《はだ》を合わせることなどないと思っていたのに。苦い後悔と、身体が味わっている享楽的《きょうらくてき》な感覚に引《ひ》き裂《さ》かれるような思いで、背中に回した掌に力を込めた。

灰田が離《はな》れて行くと、壱は意識を失うようにして眠《ねむ》りについた。音羽の命日を前にして体調を崩《くず》していただけじゃなく、不眠《ふみん》気味でもあったから、甘い疲《つか》れが深い眠りを誘《さそ》った。ぐっすりと熟睡《じゅくすい》しすぎたせいで、はっと気付くようにして目を覚ました時、自分がどういう状況《じょうきょう》にあるのか、すぐに分からなかった。

「……」

裸の身体と、まだ残っている倦怠感《けんたいかん》が灰田との記憶《きおく》を甦《よみがえ》らせる。魔法《まほう》が解けた気分で、壱は苦い表情で溜め息を吐き、暗い部屋を見回した。

「……」

てっきり、灰田が横で眠っていると思っていたのに、部屋の中には誰もいなかった。シングルの布団は男二人が眠るには狭い。居間のソファにでもいるのだろうかと思い、ぎこちない動きで身体を起こし、手を伸《の》ばしてそっと襖《ふすま》を開けると明るい日差しが入り込んで来る。

「…朝…？」

帰って来て灰田に抱かれたのは夕方の話で、それから一晩、眠り続けていた自分に驚《おどろ》き、壱は小さな声で「クロ」と呼んだ。けれど、すぐにやって来る筈《はず》のクロの気配はない。不思議に思いつつ、立ち上がると、落ちていたジーンズだけを穿《は》き、和室を出た。

カーテンが開け放された窓から、朝日が燦々《さんさん》と差し込んでいる居間は、ずっと掃除《そうじ》も何もしていないせいで、酷く汚《きたな》かった。綺麗好《きれいず》きの里見が見たら発狂《はっきょう》しそうな光景を眺《なが》め、寝癖《ねぐせ》のついた頭を掻《か》きながらソファを見ると、灰田の姿はない。

「……？」

浴室やトイレも覗《のぞ》いたが、部屋の中、何処《どこ》にも灰田はいなかった。そして、クロも。クロは一人で玄関《げんかん》のドアを開けられないので、灰田が連れて出て行ったとしか考えられない。玄関に灰田の靴《くつ》とリードがないのを確認して戻《もど》って来ると、キッチンカウンターの上に、メモが一枚残されていた。

クロは里見くんに預けておきます。一言だけ、書かれているメモを、壱は長い間、見つめていた。意外と綺麗な字だとか、灰田はどうして帰ったのかとか。色んな思いが頭の中で交錯《こうさく》する。

自分を気遣《きづか》って？　それとも仕事の用があったから？　後者はないな、と思う。灰田がどういう内容の仕事をしているのか、詳《くわ》しくは知らないが、毎日のように事務所にまでやって来られるような自由な環境《かんきょう》にいるようなのだし。

灰田も後悔しているのだろうか。そう思って、壱は深々と息を吐くと、メモをそこへ置き、浴室に入った。シャワーを浴び、全《すべ》てを洗い流す。なかったことにして、生きて行かなきゃいけない。弱っていたから。流されてしまっただけなのだから。

新しい服に着替えて浴室を出ると、物凄《ものすご》く空腹なのに気付いた。思えば、ずっとまともなものを食べていない。冷蔵庫を覗いたが、調味料しか入ってなくて、煙草《たばこ》を咥《くわ》えて、部屋を出た。

外は昨日の雨が嘘のように晴れ渡《わた》り、初夏の日差しが照りつけていた。白い光は春の明るさとは違《ちが》う強さで、壱はほっとする。音羽の命日も終わった。日差しも強くなって来た。春の訪れと共にぐだぐだしてしまった分を取り返さなくてはいけないと、自転車に乗ると、コンビニへ向かい、山ほど食料を調達して事務所へ向かった。

その間もずっと、灰田に会ったら話さなくてはいけないことを、頭の中でシミュレーションしていた。好きになってもいいか。好きだ。胸に残っている、愛《いと》しい声音《こわね》で囁かれた告白は、消去しなくてはいけない記憶だ。灰田に抱《だ》かれるなんて、本当は有り得ないことだった。特別な事情があったから抵抗《ていこう》出来なかっただけで、自分にそういうつもりはない。そう、はっきり伝えなくてはいけない。

事務所に着くと、もしかしたら灰田がいるかもしれないと覚悟《かくご》して、緊張した面持《おもも》ちで中へ入った。玄関の戸を開けると、気配に気付いたクロが飛び出て来る。

「わっ…な…なんだよ、クロ。大歓迎《だいかんげい》だな。やっぱここだったのか。ごめんな」

珍《めずら》しく飛びつくようにして擦《す》り寄って来るクロをめいっぱい撫《な》でてやってから、コンビニの袋《ふくろ》を提げ、ワーキングルームへ続く引き戸から中を覗くと。

「………うわ。換気《かんき》した方がよくね？」

愛煙家《あいえんか》の壱も驚く程の煙《けむり》が仕事部屋中を覆《おお》っている。真っ白な視界に眉《まゆ》を顰《ひそ》めてそう言うと、壱の声に気付いた、ゾンビな二人が振《ふ》り返る。

「丹野？　なに？　復活？」

「い…壱さん～。仕事、出来そうですか～？」

「…っ…!?」

声をかけて来る綾子と里見を見た壱は、二人のやつれように驚いて息を呑《の》んだ。壱が自宅に籠《こ》もってしまってからの数日間。綾子と里見は地獄《じごく》を見ていた。昨年も壱は姿を晦《くら》ましたけれど、今年は事情が違う。無理矢理エリエゼルのコンペ用の仕事を挟《はさ》み込んでいた為、多方面でしわ寄せが出ていた。そこへ、壱がいなくなったものだから、丹野事務所は危機的な状態に陥《おちい》ったのだ。

綾子も里見も、家に帰るどころか、仮眠《かみん》さえ取れないような状態で仕事に追われ。結果、ゾンビ化している二人を見て、壱は顔を引きつらせて謝った。

「ご…ごめん。ふ…復活したからさ…すぐにやるよ。あ、でもその前に飯食ってもいい？　腹減ってさ。色々買って来たから食べようぜ」

「た…食べます～。お腹《なか》空いて目が回ってたんですよ～」

喜ぶ里見と共に、壱は仕事部屋の窓を開けて回った。朝の爽《さわ》やかな空気が入って来ると、部屋に充満《じゅうまん》していた靄《もや》が一気に消えて行く。眩《まぶ》しそうに目を眇《すが》めながら、外を見た綾子は眉を顰めて呟《つぶや》いた。

「うわ…。雨、上がったら、一気に夏って感じの太陽になったね」

「うん。調子いいよ」

「あんたがよくても私には辛いわ…。暑くなるのかな〜。やだな〜」

　里見にコーヒーを頼《たの》んで、壱はレジ袋を手に、綾子と共にテラスに出た。椅子《いす》に腰《こし》掛け、煙草を咥えると、隣《となり》に座ったクロを見て、綾子に尋《たず》ねる。

「……いつ、連れて来た？」

「灰田さん？…昨日の…八時くらいだったかな。あんたの様子を見に行ったら、調子がよくなさそうだったから、預かってやってくれって。…昨日、雨だったでしょ。墓参り、行ったんだよね？」

「……ああ」

　八時という時刻を考えながら、壱は煙草に火を点《つ》ける。てっきり、自分よりも先に起きた灰田がクロを連れて出て行ったのだと思っていた。八時ならば、灰田はきっと眠らずに、あの後間もなく部屋を後にしたのだろう。

「すぐ帰った？」

「……うん。…何かあったの？」

「何が」

「灰田さんと」

　ずばり聞いて来る綾子に、壱は煙草を吸いながら首を横に振った。綾子は勘《かん》が鋭《するど》い。音羽とのことを一番最初に気付かれたのも綾子だった。あの時は単純に嬉《うれ》しくて、だからすぐに認められたけれど、今回は別だ。このことだけは綾子にも知られてはいけないと、壱は表情を硬《かた》く装う。

「…突然《とつぜん》、訪ねて来られてちょっと驚いたから」

「……。そうだね。どうやって知ったんだろう？」

「さあ」

首を傾《かし》げてみせると、里見がコーヒーを運んで来る。がさがさと音を立て、レジ袋から取り出したサンドウィッチやおにぎり、菓子《かし》パンなどをテーブルの上に並べ、三人でがつがつと食べ始めた。

「丹野、それだけ食べられるなら大丈夫《だいじょうぶ》だね」

「うん、もう平気。柏木さんから連絡《れんらく》あった？」

「壱が復活したら、何が何でも一番に連絡欲しいって言われてる。私で分かるところは返事しておいたんだけど、本契約《けいやく》の書類を作らなきゃいけないからって」

「食ったらすぐ電話する。トスカは？　通った？」

「何とかなった。来月分でレイアウト変更《へんこう》があるって。間野《まの》さんも電話欲しいって」

食べながらも仕事の打ち合わせを続ける二人の横で、里見は遠い目で庭を眺めながら呟く。

「ああ…。こんないい天気で、こんな緑を前に食事してると、優雅《ゆうが》な感じですよねえ。壱さんが復活してくれて本当によかったですよ」

「優雅とか言ってる場合かよ」

同時に突《つ》っ込みを入れる壱と綾子は、鬼気迫《ききせま》る表情になっていて、里見はさっと身を竦《すく》めた。

今年も一区切り付いた。来年に向けて、また、忙《いそが》しさで余計な感情を紛《まぎ》らわす日々を続けるしかないのだから。


食べられる分だけ、まとめて食べてしまってから、壱は仕事に没頭《ぼっとう》した。各所との打ち合わせをこなしつつ、データのチェック、ゲラや原稿《げんこう》の確認と、慌《あわ》ただしく働きながらも、灰田がいつやって来るかと、内心で構えていた。

訪ねて来たら、灰田を外に連れ出して話さなくてはいけない。その為《ため》にも来客を気遣っていたのだが、その日は終日、灰田はやって来なかった。翌日も、その翌日も。灰田は壱の前に姿を見せなかった。

籠もっていたせいで仕事が山積みになっており、壱は事務所から帰れない状況《じょうきょう》だったのだが、灰田が自宅を訪ねているとは考えられなかった。元々、灰田は事務所を訪ねて来ていたのだし、最後にはクロも送り届けてくれている。灰田は初めて事務所にやって来てから、毎日のように顔を見せた。数日空くこともあったけれど、今度のはなんだか違うのではないかと、壱はぼんやりと思っていた。

灰田はもう来ないのではないか。それは自分の希望的な考えだろうか。灰田が姿を見せなければ、煩《わずら》わしい思いを味わわずに、なかったことに出来る。元々、灰田は勝手にやって来ていただけで、個人的な繋《つな》がりなどは何もなかった相手だ。

だから、こうして縁《えん》が切れるのも有り得る話だと、壱は何となく複雑な心情を抱いている自分を見ないようにして、灰田のことを考えないようにしていたのだが。


灰田と苦い時を過ごした日から、四日後。柏木が思いがけぬ情報を持って事務所を訪ねて来た。


昼過ぎ、柏木から電話があり、ビッグニュースがあると告げられた。エリエゼルに関する打ち合わせがあり、元々午後から柏木と会うことになっていたので、壱としてはついでに聞こうという気分だった。しかし、事務所を訪ねて来た柏木は昂奮《こうふん》した顔で、入って来るなり「灰田さんのさ」と切り出した。

「正体が分かったんだよ！」

「……正体……？」

打ち合わせ用のテーブルで、向かい合わせに座った柏木の顔を、壱はつまらなそうな表情を装って眺《なが》める。灰田の名前を聞いただけで、妙《みょう》に緊張《きんちょう》してしまう自分を諫《いさ》めつつ。煙草を咥えた。

「正体って何ですか？」

どういう意味なのかと、離《はな》れた場所にいる里見が聞いて来る。興味なさげな壱よりも、話す甲斐《かい》があると思ったのか、柏木は里見に向かって勢いよく説明を始めた。

「それがさ。彼、エリエゼルを買収した、例の不動産デヴェロッパー…ハイコート社の人間じゃなかったんだ！」

「えー。でも、私、灰田さんからそこの会社の名刺《めいし》、貰《もら》いましたけど？」

柏木の話に、綾子が怪訝《けげん》な顔で口を挟んで来る。壱も灰田はその会社の社員なのだと思っていた。外資系企業《きぎょう》というのは時間が自由になるものなのだと、縁のない世界が故に、彼がふらりと現れる理由を納得《なっとく》していたのだが。

じゃ、何なんだと、不思議そうな面持《おもも》ちで続きを待つ三人に、柏木は壱たちには更《さら》に無縁《むえん》な話を始めた。

「サードコンチネントパートナーズって知ってる？」

「……」

壱も綾子も、里見も。大学は芸術系だし、在学中も卒業後も、デザイン業界でしか働いていない。全員が専門オタクというやつで、世間の情報にはとんと疎《うと》かった。日系企業ならともかく、外資系企業など、かなり有名な…しかも生活に関係するような企業でないと覚えがない。

さあ…と首を傾げる壱たちに、柏木は少し呆《あき》れた顔で説明する。

「アメリカの投資会社なんだけど、灰田さん、その会社の代表だったんだよ」

「…会社の代表って……社長？」

「そう」

神妙《しんみょう》な顔で頷《うなず》く柏木を見て、壱と綾子と里見は「ええっ⁉」と大きな声を上げる。外資系企業のエリートビジネスマンというだけでも、かけ離れた存在のように思っていたのに、「社長」とは。

「ま…マジで、社長なの？　でも、あいつ、若くない？」

「そうですよ。まだ三十代前半って感じでしょう、灰田さん」

「それがさ、どうも経済界ではかなり有名な人らしいんだよ。エリエゼルを買収したハイコート社も、サードコンチネントパートナーズの子会社なんだって」

「じゃ、灰田さんがエリエゼルの決定権を持っていたのも当然の話？」

パンと手を叩《たた》いて納得する綾子に、柏木が満足げに「ビンゴ」と声を上げる。詳《くわ》しい事情はよく分からなかったが、何となく、感じ取ったことを壱は口にした。

「…もしかして、偉《えら》い人？」

「偉いっていうか、お金持ち？」

「お金持ちっていうと…」

「個人資産、三千億円以上だって」

「……」

一瞬《いっしゅん》の沈黙《ちんもく》の後、三人は揃《そろ》って「ええ～!?」と叫《さけ》んだ。恐《おそ》ろしい金額に戦《おのの》く三人に、柏木は何故《なぜ》か自慢《じまん》げな顔で続ける。

「それも推定なんだって。有り得ないくらいのお金持ちっていうのは確かだよ」

「ちょ…ちょっと待って下さいよ。そんな社長でお金持ちな人がどうしてうちに？」

ひっくり返った声で里見が口にする問いは、誰《だれ》もが抱《いだ》いた疑問だった。買収したホテルに関する最終プレゼンに顔を出したのは、まだ理解出来る。けれど、その後の灰田の行動は全く不可思議なものだ。こうして「正体」を聞くと、謎《なぞ》は益々深まる。

「さあ…。それが分からないんだよねえ」

「しかも毎日のように来てたわよ？　社長って…忙しいんじゃないの？」

「デパートのお弁当とか、沢山《たくさん》買って来てくれるんで、お金持ちだなあとは思ってたんですが
…。うわ～。俺って庶民《しょみん》～」

皆《みな》があれこれと姦《かしま》しく話す中、壱は一人で考え込んでいた。灰田が訪ねて来ていた理由を、壱だけは知っている。初めて会った時から好きだった。雨の中、真剣《しんけん》な顔で告げる灰田の顔は、まだ鮮《あざ》やかに記憶《きおく》に残っている。

「丹野？」

「……え？」

「どうしたの？」

黙《だま》っている壱に気付いた綾子が訝《いぶか》しげに聞いて来るのに、壱は躊躇《ためら》いを隠《かく》して、わざとぶっ

せる。
きらぼうに返した。咥《くわ》えたままだった煙草《たばこ》に火を点《つ》け、派手な煙《けむり》を吐《は》き出して、肩《かた》を竦《すく》めてみ
「だって。社長とか、三千億とか、考えられないだろ。唖然《あぜん》とするよ」
「…まあねえ。三億円でも驚《おどろ》くよね」
壱の意見に綾子は神妙な顔で頷いた。三千億なんて。かけ離れた桁《けた》過ぎて、実感も湧《わ》かない
というのは当たり前の反応だ。壱は煙草を咥えたまま、柏木にどうしてそんなことが分かった
のかと尋《たず》ねた。
「灰田さんが最終責任者として出て来てから、安藤専務が色々聞き回ってたんだよ。どういう
人間なのかって」
「もうプレゼン、終わってますよ？」
「うー…それを言われると辛《つら》いものがあるんだけど…。ほら、俺たちにとって経済界とか…そ
れもアメリカのとか、遠い話じゃん。話を聞いてから、金融《きんゆう》関係に勤めてる従兄弟《いとこ》に連絡《れんらく》とっ
て聞いてみたんだよ。そしたら、灰田さんって、若い頃《ころ》からアメリカで有名な投資家でもあっ
たんだって。それで儲《もう》けたお金を企業買収とかに注ぎ込んで、デヴェロッパーみたいな仕事も
して…有名な実業家らしいよ。ただ、本人は公の場に滅多《めった》に現れなくて、顔とかも全く公表し
てないから、ハイダオリエって名前の日本人だってことしか、知られてないらしい」
そこまで話してから、柏木は「ところで」と話を切り替《か》える。
「当の灰田さんは？　もう来てないの？」

「最後に来たのって……クロを置きに来た日だよね？」

「四日前ですよね。それ以来、姿、見せてないですけど…。そんな偉い社長さんだったなら、もう日本にいないのかもしれませんね。そう言えば、灰田さんって着てるスーツも超高級《ちょう》そうだったもんなあ。外資系って給料いいんだとか思ってたけど…」

　里見と綾子が答えているのを聞きながら、壱は吸い終えた煙草を灰皿に押し付けた。柏木の持ち込んだ話は驚くものだったが、壱にとっては有り難い話でもあった。ならば。灰田はもう来ないだろう。

　そんな凄《すご》い人間が自分を好きになったなんて。気紛《きまぐ》れか、同情か。どちらにせよ、二度と会わない相手ならば、忘れることも楽になる。

　そう思って、壱が足下《あしもと》に座っているクロを見た時だ。

「……クロ？」

　ぴんと首を伸《の》ばし、玄関《げんかん》の方を見ている。誰か来たのか？　そう思うと同時に、嫌《いや》な予感がした。嬉《うれ》しそうなクロの顔は、犬ならではの嗅覚《きゅうかく》で、まだ見えていない相手を捉《とら》えているに違《ちが》いなくて。

　クロが喜ぶ相手として壱の頭に浮《う》かんだのは、会うのを望まぬ相手のものだった。

「こんにちは」

　玄関からの引き戸が開く音と同時に聞こえて来た声に、その場にいた全員が素早くそちらを見た。クロが喜び勇んで駆《か》けて行く。飛びつくクロを歓迎《かんげい》して撫《な》でるのは、灰田だった。

「どうしたんですか、灰田さん！」

「…いや、弁当を持って来たんだが、食べないか？」

里見にひっくり返った声で尋ねられた灰田は、状況《じょうきょう》が分かっておらず、少し戸惑《とまど》った顔で答える。里見と話す灰田が、入って来た時から自分を見ていないのに、壱は気付いていた。それは壱にとっても有り難い話で、灰田を視界に入れていたものの、視線を合わせないように意識しながら、様子を窺《うかが》うように座っていた。

「弁当って…いや、灰田さん、こんなところに来てていいんですか？」

「どういう意味だ？」

「…灰田さん、サードコンチネントパートナーズの社長だというのは本当なんですか？」

怪訝な顔で聞く里見に、灰田が問い返すと、柏木が横から窺うような口調で尋ねる。柏木が「サードコンチネントパートナーズ」という会社名を出した途端《とたん》、灰田は一瞬で表情を硬《かた》くした。その顔は最終プレゼンの会場で初めて見た灰田の顔と同じ種類のもので、柏木と仕事の話をしている時のそれとも似ていた。

灰田のああいう表情は、いつも何処《どこ》か寂《さび》しげだ。そんなことを思う自分を諌《いさ》めながら、壱はごまかすように煙草に手を伸ばした。

「……ええ。本当です」

静かな声で灰田が認めると、壱以外の三人はそれぞれ感嘆《かんたん》したような声を上げた。

「ほ…本当に社長さん～？　マジで何千億…？」

「灰田さん、お忙《いそが》しいんじゃないんですか？　いいんですか？」

「どうしてうちなんかに？」

最後に綾子が口にした問いを聞いて、灰田は手にしていたデパートの紙袋《かみぶくろ》を机の上に置いた。ちらりと壱の方を見て…本当に、一瞬だけ視線を向けてから、綾子に答える。

「こちらに勤めさせて貰《もら》いたいと思ってるので」

灰田が丹野事務所で働きたいと希望しているというのは、綾子だけは壱から聞いていた。けれど、里見と柏木にとっては初耳で、しかも、灰田の正体が分かった後だから、驚きの声を上げる。

「つ…勤めたいって、灰田さん、社長でしょう？」

「そ…それに、丹野くんのところって……全く違う業種ですよ？」

「ええ。確かに、俺はデザインとか、そういうことは出来ないので、営業や事務や経理などとして雇《やと》って貰えたらと思ってます」

冷静に答える灰田が冗談《じょうだん》を言ってる気配はない。ええ～と、再度驚く里見と柏木を見てから、綾子は壱へ視線を移す。煙草に火を点けている壱は眉間《みけん》に皺《しわ》を刻み、渋《しぶ》い表情をしている。就職を希望して来たという灰田を、壱は最初から歓迎していなかった。綾子は単純に賛成して、プレゼンが終わってから考えてみてもいいんじゃないと助言したのだが、こうなって来ると、壱の判断が正しかったのだと思えて来る。

灰田は一介《いっかい》のビジネスマンではなく、経営者だったのだ。綾子もさすがに器が合わなすぎると思い、真面目《まじめ》な顔で灰田に真意を尋ねる。

「私は丹野から、灰田さんがうちで働きたいという希望を持たれているという話は聞いていたんですが…。…とにかくうちは慢性《まんせい》人手不足ですから、最初は賛成したんですけど…。灰田さんの考えが分かりません。灰田さんが普通《ふつう》の会社員で、違う業界であるうちの仕事を面白《おもしろ》そうだと思って転職したい…とかいうのだったら、まだ納得《なっとく》出来たんですが、そんな…大きな会社の社長をされてるような方がする仕事じゃないですよ。それに、うちで働くと言ったって、その…アメリカの会社の方はどうされるんですか？　社長と両方なんて、無理な話でしょう。どういうつもりで勤めたいって仰《おっしゃ》ってるのか…」

「もう社長ではないですから」

綾子の疑問にさらりと答えた灰田を、全員が眉《まゆ》を顰《ひそ》めて見る。どういう意味だ…と訝《いぶか》しむ一同に、灰田は何でもないことのように打ち明けた。

「サードコンチネントパートナーズの社長職も、関連して就任していた企業《きぎょう》の役職なども全《すべ》て辞任してきました。手続きに色々時間がかかって、暫《しばら》く来られなかったのですが…今日から綺《き》麗《れい》さっぱり無職になりましたので、本格的に働かせて頂きたく、お願いに上がったんです」

「じ…辞任って……？　社長を辞めて、うちに来るってことですか？」

「ちょ…ちょっと待って下さいよ。そんなニュース、出てませんでしたよ？」

午前中に安藤から灰田の素性についての話を聞いた柏木は、丹野事務所を訪ねる迄《まで》の間に、色々と情報を収集した。灰田に関する情報は色々と得られたけれど、何処にも辞任なんて話は出ていなかった。

「発表する時期は現在、検討中です。トップ交代というのは色々と影響《えいきょう》がありますので、この件も外部には漏《も》らさないで頂けると助かります」

「灰田さん、ご自分がされていること、本当に分かってます？　おそらく、うちの事務所全体の売り上げでも灰田さんの年収に追いつかないかもしれないんですよ？」

総資産が何千億という男なのだ。年収が幾《いく》らかなんて、考えただけでも恐《おそ》ろしい。眉間に皺を刻んだまま、指摘《してき》する綾子に、灰田は笑みを浮かべて首を横に振《ふ》った。

「お金が目的じゃありませんから」

「何が目的なんですか」

「ここが…気に入ったんです」

灰田の答えを聞き、壱は煙草《たばこ》を咥《くわ》えたまま立ち上がった。灰田の目的は分かっている。それに付き合うつもりはない。彼を見ないようにして、殊更不機嫌《ことさらふきげん》な口調で言い捨てた。

「…俺はお前を雇うつもりはないから」

事情が事情だけに、壱の反応は誰の目にも当然のものに映って、さっさと自室へ入って行ってしまう彼を追う声はなかった。それに助けられた気分で、壱は引き戸を閉めると、一人になった部屋で深々と息を吐《は》いた。

一体、何を考えているのか。灰田の考えが分からないと思うのと同時に、「好きだ」と言った灰田の声が頭に甦《よみがえ》った。好きだから側《そば》にいたい。もしかしたら、そんなシンプルな考えを抱《いだ》いて働きたいと言ってるのだろうかと思うと、憂鬱《ゆううつ》になる。

けど、社長を辞任したというのは灰田の勝手で、どんなに想われても、応える用意はないのだから、自分には関係のない話だ。自分に強く言い聞かせながら、鬼《おに》のような形相でモニターを睨《にら》んで作業していると、三十分ほどして戸がノックされた。

灰田だったら…と思い、身構えたのだが、顔を覗《のぞ》かせたのは柏木だった。

「…ごめん、丹野くん。打ち合わせ、いい？」

「あ！　そうでしたね」

柏木はその為《ため》にやって来たのに、思わぬニュースと灰田の登場で、すっかり忘れてしまっていた。壱は作業を中断し、慌《あわ》てて立ち上がったのだが、まだ灰田がいるかもしれないと緊張《きんちょう》しながら自室を出る。

しかし、綾子と里見が仕事をしているだけで、灰田の姿はない。そして、クロも。

「……あいつは？」

「クロの散歩、行ったよ」

近くにいた綾子に尋《たず》ねると、やっぱりと思う答えがある。壱は顔を顰《しか》めて文句を言った。

「なんで行かせるんだよ？」

「え？　うちで働く、働かないってのと、クロの散歩は別の話でしょ」

「……」

正論を返され、壱はぐっと詰《つ》まって何も言えなくなる。そんな壱に綾子は会議用のテーブルを指して言う。

「それ。灰田さんが持って来てくれたお弁当。あんたの分だから。ちゃんと頂きなさいよ。変な意地張らず」

「……」

またしても反論を奪《うば》われ、壱は仏頂面で席に着いた。打ち合わせしながら食べればいいよ…と柏木が勧《すす》めてくれる。壱が自室に引き込んだ後、他の皆《みな》は灰田が持参した弁当を食べたのだという。灰田がすっかり馴染《なじ》んでいるのは認めざるを得ない事実で、壱としては憂鬱が増す気分だった。

確かに綾子の言う通りだ。灰田の就職を認めないとしても、本人がやって来るのは拒《こば》めない。やはり、灰田自身にはっきり告げるしかないのかと思い、壱は億劫《おっくう》な決心を仕舞《しま》って、弁当を広げながら、打ち合わせに臨んだ。

柏木との打ち合わせは二時間以上かかり、終わったのは四時近かった。それでも夏に向け、どんどん日が長くなっているから、外は明るい。灰田とクロも戻《もど》って来ていなかった。

「灰田さんとクロ、遅《おそ》いねえ」

玄関《げんかん》先まで柏木を送りに出た壱は、彼の呟《つぶや》きに曖昧《あいまい》な相槌《あいづち》を打った。興味なさげな壱の反応を見て、柏木は窺《うかが》うような目で聞く。

「やっぱり、灰田さんを雇ったりしないの？」

「何言ってんですか。有り得ないでしょ」

「でも、本当に辞めたみたいだよ？　ここで働きたくて」

「…それはあいつの勝手で…」

「灰田さん、相当変わってると思うけど、悪い人じゃないと思うんだよね」

渋い顔の壱に、柏木はぽつりと感想を呟く。壱だって灰田が悪い人間だとは思っていない。初対面での印象はよくないものだったが、棘《とげ》のあるような物言いも、厳しい表情も、仕事以外では殆《ほとん》ど見られないのだと、今では分かっている。多少、不遜《ふそん》で、嫌《いや》みっぽいところもあるが、お互《たが》い様だと思える範囲《はんい》だ。

けど、灰田には大きな問題がある。誰《だれ》にも言えないそれを、壱は心に浮《う》かべながら、帰って行く柏木を見送った。柏木の丸い背中が視界から消えても、その場で立ったまま庭を眺《なが》めていた。

六月も目の前となり、庭の木々は凄《すご》い勢いで成長している。緑はどんどん濃《こ》くなり、芝生《しばふ》も青さを増し、色んな花が入れ替《か》わりで咲《さ》いている。雨と晴れの繰《く》り返しが夏を連れて来る。暑くて堪《たま》らないと、夏が苦手な綾子が音を上げる季節がやって来るな…と思っていると、庭に入って来る人影《ひとかげ》が見えた。

「……」

自分を見つけたクロが、灰田にリードを外して貰って嬉《うれ》しそうに駆《か》け寄って来る。壱は苦笑しながら屈《かが》むと、はあはあと舌を出しているクロの顔を撫《な》でた。

「お帰り。長かったな。楽しかったか？」

「…ただいま」

「……。ちょっと話があるんだけど」

灰田を見た瞬間《しゅんかん》。胸がどきんと鳴って、足が竦《すく》んだ。本当は逃《に》げ出してしまいたかったのに、踏《ふ》み止《とど》まったのは、クロが駆け寄って来たせいだけじゃない。中へ入ってしまえば、綾子と里見の目がある。二人には知られたくなかった。

玄関脇《げんかんわき》にある段差に壱は腰《こし》を下ろすと、立っている灰田を見上げる。

「…この前のこと、忘れて欲しいんだ」

「……」

「大分…弱ってて……気の迷いってやつだった」

なかったことにしてくれ…と、静かだがはっきりとした口調で告げる壱を、灰田は黙《だま》って見つめていた。「だから」。壱は灰田の視線を真っ直《す》ぐ受け止めて続ける。

「ここにはもう来ないでくれ」

「…どうして？」

黙って話を聞いていた灰田が問い返して来たのに、微《かす》かに眉が歪《ゆが》む。灰田が訪ねて来た時点で、簡単に済むとは思っていなかったけれど、やはりもっときつく言わなくてはいけないのかと、内心で溜《た》め息が漏れる。髪《かみ》を掻《か》き上げ、渋《しぶ》い表情で壱は答えた。

「この前のことは俺にとっては過《あやま》ちだった。だから、過ちの相手であるお前に側にいて欲しくない」

「……俺は諦《あきら》めるつもりはない」

「諦めるとか、諦めないとか、そういう問題以前だから。俺はもう、誰のことも好きにならないし、そういう関係を誰かと築くなんて、有り得ない」

そう言いながら、灰田が先日のことを蒸し返して来るかもしれないと、身構えていた。じゃあ、どうして抱かれたんだ？ そう問われたら、気の迷いだったと繰り返すしかないと思っていた。

けれど、灰田はそれには触《ふ》れず、壱の側へ歩み寄ると、その隣《となり》へと腰を下ろす。軽く手を伸《の》ばせば触れられる程、距離《きょり》が縮まったのに、自然と身体《からだ》が緊張してしまう。身構える壱の方には向かず、灰田は庭を眺めて「ああ」と声を上げた。

「ここから見ると、また違《ちが》って見えるんだ」

「…？」

「前から、ここにどうして段差があるんだろうって思ってたんだ。玄関へ続くところも、仕事部屋へ続くテラスも庭に対してフラットに作られているだろう？ ここだけに段差があるのは不自然だなって」

灰田が突然《とつぜん》言い出した内容は、すぐには分からなかったけれど、少し考えてみれば頷《うなず》けるも

のだった。灰田の言う通り、そこから眺める庭はいつもと植栽《しょくさい》の位置が違い、低い場所から見ているせいもあって、異なった表情を見せていた。

そこで日々を送り始めて長いけれど、初めて気付いた。壱は「本当だ」と呟きながら、つい、苦笑を漏《も》らす。

「…お前、本当にここが好きなんだな」

思わず、零《こぼ》れたのは純粋《じゅんすい》な感想だった。灰田は最初に就職を申し込んで来た時、建物と庭が気に入ったからという理由を挙げた。こうやって長く暮らしている自分でさえ気付かなかったことを教えられると、それは本当だったのだと改めて思う。

「好きなのは庭だけじゃないけどな」

「……」

遠回しなアプローチに、壱がすっと眉《まゆ》を顰《ひそ》めた時だ。がらりと、背後の引き戸が開く音が聞こえる。

「…何してんの？」

訝《いぶか》しげな綾子の声に、壱は慌てて立ち上がる。言い訳を考える前に、綾子は電話だと言ってコードレスフォンを渡《わた》して来た。

「正鵠社《せいこくしゃ》の宇野さん。油売ってる暇《ひま》があったら、仕事しなよ～」

「う…うん」

助かった気分で、電話に出ながら仕事部屋へと向かったが、灰田との話は途中《とちゅう》で終わってしまった。灰田が納得してくれた気配は全くなくて。長期戦かと思うと、つい、声のトーンが暗くなってしまい、電話の相手に気遣《きづか》われた壱はなってない自分を反省した。

夕方になって続いて電話が入り、壱が忙《いそが》しくしている内に、灰田の姿は消えていた。彼が帰る前にもう来るなと釘《くぎ》を刺《さ》そうと思っていたのが出来なくて、壱は憂鬱《ゆううつ》な気分だった。自分の話を理解してくれていなかった様子の灰田は明日も来るかもしれない。そんな嫌《いや》な予感は当たった。

「……クロ？」

明け方まで仕事し、仕事部屋のソファに倒《たお》れ込むようにして眠《ねむ》った壱は、クロが引き戸を開けて外へ出て行く気配で目を覚ました。自宅に帰って行った綾子か里見がやって来たのだろうか。そう思いながら、時計を見る。十二時を過ぎているのを確認して、起き上がると、億劫になる声が聞こえて来た。

「起きたか？」

「……」

引き戸の隙間《すきま》から覗《のぞ》くのは灰田だ。壱は寝起《ねお》きでぼんやりとした頭で、うんざりしながら言った。

「来るなって言っただろ?」

「サンドウィッチを買って来た」

壱の嫌そうな顔も気にせず、灰田は平然と返すと、さっさと姿を消した。続けて文句を言われるのが分かっているせいか。壱はむっとしてソファを下り、ぼさぼさの頭を掻きながら、仕事部屋を出る。

すると、灰田がロールスクリーンを下ろそうとしていた。昨日は薄曇《うすぐも》りだったが、今日は綺《き》麗《れい》に晴れていて、仕事部屋には眩《まぶ》しい光が満ちている。自分を気遣って光を遮《さえぎ》ろうとしている灰田に、壱はぶっきらぼうに「いいよ」と言った。

「でも…苦手なんだろう?」

「これくらいになると平気」

短く返して、壱は「シャワー浴びて来る」と言い残し、建物の奥にある浴室へ向かった。目覚まし代わりにざっと頭から湯を浴び、出て来ると、灰田は窓を開けて、テラスの椅子《いす》に座っていた。テーブルの上には買って来たというサンドウィッチが広げられている。

「コーヒー、飲むか?」

「…ん…」

適当な返事をして、壱は自分の煙草《たばこ》を手に、灰田が座っていた席の隣に腰を下ろした。マグカップに入れたコーヒーを持ってきてくれた灰田に、「ありがとう」と言うと、煙草を咥《くわ》える。

火を点《つ》け、一服すると、漸《ようや》く頭がはっきりしてくる。さて…と、用意の出来た気分で、壱は灰田に、昨日告げたことを繰《く》り返した。

「もう来るなって言ったの、聞いてなかったのか」

「諦めないって言ったの、聞こえてなかったのか」

「お前ね…」

同じような台詞《せりふ》を、灰田は笑って返して来る。むっとした顔で言い返そうとすると、サンドウィッチの入ったトレイを差し出された。

「寝起きに煙草なんて、身体によくないぞ。せめて、一口食べてからにしたらどうだ」

「…吸わないと頭が覚めないいんだよ」

「悪い癖《くせ》だな」

肩《かた》を竦めて言う灰田が、煙草を吸っているところを見た覚えはない。吸わない人間に愛煙家《あいえんか》の気持ちが分かって堪《たま》るかと、わざと煙《けむり》を大きく吐《は》き出すと、横にいたクロがさっと逃げだし、灰田の方へ回って行く。

「ほら。クロにも嫌《きら》われてる」

「…っ…あのなあ…」

からかって来る灰田に何か言い返したいのだが、煙草をクロが嫌っているのは事実で、言いようがなかった。事務所の全員が喫煙者《きつえん》で、仕事が煮詰《につ》まってくると皆《みな》でチェーンスモーカーになってしまう。そんな時、一番迷惑《めいわく》を被《こうむ》るのがクロで、煙の来ない場所を選んで小さくなっている姿を見る度《たび》に、申し訳ないと思うのだ。

仕方なく、壱は煙草を灰皿に押し付けると、灰田が入れてくれたコーヒーに口を付けた。ついでに、勧《すす》められたサンドウィッチに手を伸ばす。クリームチーズとスモークサーモンを黒パンで挟《はさ》んだフィンガーサンドは、コンビニのものとは全然違う、上等な味がした。

「…うまいな。これ」

「いつも弁当っていうのも飽《あ》きるかと思って。ホテルで作って貰《もら》って来た」

灰田が言う「ホテル」というのは、自分の宿泊《しゅくはく》先のことなのか。灰田が何処《どこ》から来て何処へ帰って行くのか、壱は全く知らなかった。海外に住居があるような話は聞いたが、余り興味がなくて、詳《くわ》しくは聞いていなかった。

「…お前、ホテルに泊《と》まってるんだよな？」

「ああ」

「何処？」

「ヘルヴェチアグランドだ」

「さすが金持ち。自宅は……アメリカにあるんだよな？」

柏木から灰田が社長を務めていたのはアメリカの企業《きぎょう》だと聞いていた。大まかな尋《たず》ね方をする壱に、灰田は小さく肩を竦《すく》めて答える。

「家は幾《いく》つかあるが、主に住んでたのはNYだ。日本にはなくて、だから、早めに引っ越《こ》し先を見つけようと思ってる」

「……あのさ。お前の考えてることはよく分からないけど、ちゃんとしたお前の居場所に帰った方がいいよ。適材適所って言葉、知ってる?」

「これでも営業はうまい。雇《やと》っても損はしないぞ」

「お前なあ…」

本当に灰田は話を聞いていない…いや、聞く気がないのだ。次第《しだい》に腹が立って来て、むっとした顔で、人の話を聞けと真っ向から言おうとすると、灰田が太陽からの光を遮るように額の上に手を翳《かざ》し、先に口を開いた。

「眩しいな。本当に大丈夫《だいじょうぶ》なのか? こんな強い日差しに当たって」

「……。だから、精神的なもんだって言っただろ?」

どういう意味だと、視線で聞いて来る灰田を見て、壱は小さく息を吐いた。本当は言うつもりはなかったのだけど、灰田にはちゃんと言った方がいいのかもしれない。諦《あきら》めさせる為《ため》にも。ただ、壱自身、それを言葉にするのには覚悟《かくご》がいった。嫌な思い出を口にすると、それが尾《お》を引いて苦い感情が甦《よみがえ》る。けど、辛《つら》くても言うことを選んで、壱はコーヒーを一口飲んでから、理由を説明した。

「……音さんが亡くなったのがよく晴れた日だったんだよ。こんな強い、夏っぽい日差しじゃなくて、春の…白っぽい光の日で……だから……」

「悪かった」

突然《とつぜん》、強い口調で遮られ、壱は驚《おどろ》いて灰田を見た。真面目《まじめ》な顔で自分を見ている灰田と目が合うと、「すまない」と謝られる。

「嫌なことを説明させて……ごめん」

「……」

後悔《こうかい》するような灰田の表情を見ていたら、壱は何も言えなくなって、視線を外した。壱としては灰田に分からせるつもりで、わざとはっきり理由を説明したのだが、彼の反応は後悔めいた感情を生むようなものだった。

自分以上に辛そうな顔をするなんて。卑怯《ひきよう》じゃないかと思ってしまう。「ごめん」と謝る声が一緒《いっしょ》だから、余計に。

「……お前、ずるいよ」

苦い気分で眉《まゆ》を顰《ひそ》め、小声で呟《つぶや》くと、壱は新しい煙草を咥えた。同じ声音《こわね》だと感じてしまうと、いつも何も言えなくなる。灰田は音羽じゃない。音羽は帰って来ない。そう、分かっているのに。


その日も灰田はクロの散歩に長く出掛《でか》け、夕方に帰って行った。その次の日もまたその次の日も。昼頃《ごろ》に現れ、持参した弁当を皆と食べてから、クロの散歩に出掛けた。柏木から灰田の正体を聞き、戸惑《とまど》っていた綾子と里見だったが、淡々《たんたん》とした灰田の態度に、いつの間にか疑問を忘れていった。

「壱さん。いい加減、灰田さん、雇ってあげたらどうですか？」

「あ、里見もそう思う？　やっぱ？　だよね？」

灰田が再び毎日やって来るようになって、五日目。夕方、灰田が帰って暫《しばら》くしてから、里見が唐突《とうとつ》に言い出した。作業の為にワーキングルームの打ち合わせ用テーブルを使っていた壱は、ずらりと並べた色校を睨《にら》みながら、相槌《あいづち》を打つ綾子に指摘《してき》する。

「何言ってんだ。梨本だって大会社の社長がするような仕事じゃないって言ってたじゃないか」

「んー…あの時はね。そう思ったんだけど、灰田さん、社長って感じしないしねえ。それに辞めたって言うんだし、いいじゃないの」

「そんな高度な人間にさせるような仕事はねえよ。うちには。雑用ばっかだろ」

「本人の希望なんだからいいじゃないですか。灰田さん、よく気が付くし、食事の趣味《しゅみ》はいいし、助かりますよ～」

「だよね。仕事やって貰ったら、めっちゃ有能そうだし」

勝手に盛り上がっている二人に呆《あき》れた目を向けただけで、壱はそれ以上取り合わなかった。

綾子や里見の目がないところで、灰田には何度も来ないように言って来たのだが、聞いている様子はなくて。日に日に、馴染《なじ》んでいくのを、壱は苦い気分で見守るしかなかった。

しかし、その翌日。思いがけない事件が起こった。

深夜過ぎ。複数の仕事が一気に片付いたこともあり、丹野事務所では翌日を久々の休日にすることが決まった。三人で事務所を出て、朝までやっている焼鳥屋に寄って、互《たが》いを労《ねぎら》って別れた。明後日からエリエゼルのプロジェクトが本格始動するのが決まっていたので、壱もゆっくり休もうと思い、自宅へ帰った。

酔《よ》っていたのもあり、倒《たお》れるようにして眠《ねむ》った壱は、携帯《けいたい》が鳴っている音で目を覚ました。よろよろと立ち上がって居間に脱《ぬ》ぎ捨てたデニムを拾い上げる。窓からは明るい光が差し込んでおり、時計は十時を指していた。

ポケットから取り出した携帯を開くと見知らぬ番号がある。仕事先の担当者が様々な事情で新たな番号からかけて来ることは多いので、何気なく通話ボタンを押した。

「……はい?」

『灰田です』

「……」

朝から電話をかけて来るなんて、急な直しとか変更《へんこう》とか、嫌《いや》なニュースだろうかと可能性のある相手を頭に浮《う》かべていたのだが、聞こえて来たのは思ってもいなかった声だった。灰田から電話がかかって来るのは初めてで、どうして電話番号を知っているのだろうと思いつつ、壱は「ああ」と声を出す。

「どうした?」

それに。灰田が電話をかけて来るなんて、相当の用なのかもしれない。少し、緊張《きんちょう》しながら聞き返すと、灰田は「今日」と躊躇《ためら》いがちな口調で言う。

『…そっちに行けないんだ』

「……いいよ」

ていうか、誰《だれ》も来てくれって頼《たの》んでないし！…そう、激しく突《つ》っ込みそうになったのを、壱は意識して抑《おさ》え、灰田に説明する。昨日も灰田は事務所に来ていたのだが、仕事が佳境《かきょう》に入っていて、全員が血走っていたものだから、いつものように揃《そろ》って休憩《きゅうけい》を取って食事することも出来なかった。灰田が持って来てくれた差し入れを食べながら、ずっと仕事をしていて、その間、彼はクロの散歩に行き、早々に帰って行った。

だから、今日を休みにしたのも知らない筈《はず》だった。焼鳥屋での別れ際、里見が灰田が来たらどうしようと気にかけていたが、いなかったら帰るだろ…と壱が簡単に片付けてしまっていた。

「昨日、あれから、夜中に仕事が片付いてさ。今日は休みにしようかって話になったんだ」

『…そうか』

「だから、事務所行っても誰もいないし…。お前が来て誰もいなかったら、俺のところにでも来るかなと思ってて…」

どうも灰田の声が重い気がして、壱は気遣《きづか》うような台詞《せりふ》を続けた。連絡《れんらく》しなかったのを不満に思っているのだろうか。けれど、灰田から連絡先を聞いたことはないし、そういう義理もないという思いもある。雇うと決めた訳でも、そういうつもりもない。

なのに。どうしてだか気になるのは、電話のせいだと、壱は気付く。顔が見えないから。余計に似ているのだ。

「……何か…あったのか？」

灰田の事情などどうでもいいと思う心もあるのに、気にかかってしまい、つい尋《たず》ねていた。よく聞こうと耳を澄《す》ませると、微《かす》かに息を吸う音がして、低い声が流れて来る。

『…大丈夫だ。もしかして……色々耳にするかもしれないが、心配しないでくれ』

「……」

『それと…もしかしたら、明日も行けないかもしれないんだ。落ち着いたら、すぐに行くから』

「……あのさ…」

やっぱり灰田は勘違《かんちが》いしていると、内心で溜《た》め息を吐《つ》いて、壱が厳しい指摘を口にしようとした時だ。電話の向こうから灰田に話しかけていると思われる声が聞こえて来た。ちらりと耳にしたそれは英語で、壱は先が続けられなくなる。

灰田が携帯を伏《ふ》せたらしく、暫く何も聞こえなくなった。間もなくして、「すまない」と謝る声が流れて来る。

『綾子さんや里見くんにもよろしく。…クロにも』

じゃあ、と最後に言って、灰田は通話を切った。壱は声の聞こえなくなった携帯を暫く見つめていたが、溜め息を吐いて、それを閉じた。何があったのだろう。そう考えて、思いついたのは灰田が辞めたという会社に関する事情だった。電話の向こうで聞こえたのは英語だったし、灰田が重職に就《つ》いていたのはアメリカの企業《きぎょう》だ。灰田はあっさり辞職したと言っていたけれど、そう簡単にはいかなかったのかもしれない。

そりゃ、そうだ。灰田は社長だったのだから。アルバイトじゃあるまいし、企業のトップがその職を簡単に退けるものではない。だとしたら。灰田は会社に戻《もど》る可能性もあるんだろうな…と思いつつ、壱が携帯を戻そうとすると、すぐ側《そば》にクロが立っていた。

「……あいつ、来られないって」

多分、一番寂《さび》しいのはクロだ。ここ最近、毎日、灰田にたっぷり散歩に連れて貰《もら》っているのだから。最初は音羽の声に似ているから懐《なつ》いていたのだろうが、今は違う理由で…それが灰田だという理由で、クロは彼を慕《した》っている筈だった。

灰田が自分を大事にして、大切に扱《あつか》ってくれる人間だというのを、クロだってよく分かっているに違いない。

「…俺が散歩、連れて行ってやるから。……なんだよ、その目は。不服そうじゃんか」

クロの表情がどうも不満げなものに見えてしまうのは、日頃《ひごろ》の世話がなおざりになっているという自覚があるせいだ。壱は飼い主としての威厳《いげん》を取り戻そうと、さっさと着替《きが》えて、早速散歩に出掛けた。

クロの散歩から帰って来ると、いい加減荒《あ》れ放題だった部屋を大掃除《おおそうじ》した。けど、元々何もない部屋だ。あっという間に掃除は済み、洗濯《せんたく》が終わったシーツ類を干そうとすると、携帯が鳴った。相手は柏木で、しまったと思いつつ、通話ボタンを押す。

「おはようございます。すみません、柏木さん。連絡、忘れてたんですけど、今日、休みにしてまして…」

『ああ、そうなんだ〜。事務所かけても誰も出なかったからさ。…いや、仕事の話じゃないんだけど、ちょっと気になる話を耳にしてさ。…事務所、休みってことは、灰田さん、来てないんだよね？』

「…はい…」

柏木の口振《くちぶ》りから、どうも彼の話は灰田に関することのようだと分かって、訳もなく、胸がどきんとする。電話で灰田から聞いた「心配しないでくれ」という言葉が甦《よみがえ》った。あの時は、心配なんてどうして俺がしなきゃいけないんだと、反発する気持ちを抱《いだ》いたけれど。

『実はさ、灰田さんが言ってた、辞職の話。今朝の経済新聞に載《の》ってたんだよ。それでやっぱり本当だったんだと思って、ネットとか見てたら、どうも灰田さんが言ってたような感じじゃないんだよね』

「どういう意味ですか？」

『どうも灰田さんが社長を務めてた、サードコンチネントパートナーズって会社内で、内紛《ないふん》というか…分裂騒《ぶんれつさわ》ぎがあったようなんだ。灰田さんと、彼に対抗《たいこう》する一派との間でね。それで、今回の辞職は会社を守る為《ため》に灰田さんが身を引いたと、経済界ではそういう風に見られているらしいんだ』

柏木の話は灰田の言葉の意味を納得《なっとく》させるようなものだった。壱は何も言えず、自然と眉《まゆ》を顰《ひそ》めながら、耳を傾《かたむ》けていた。

『で、例の従兄弟《いとこ》に真相を聞いてみたんだけど、色々憶測《おくそく》が飛んでて、それが本当かどうかも分からないって話だった。灰田さん、相変わらず、丹野くんのところに毎日来てるんだよね？』

「…はあ……」

朝から電話があったのを、柏木には何となく言えなかった。灰田の声がどうも暗いように感じたのは、それなりの理由があったからだったのだ。そう思うと、何故《なぜ》だか、気分が重くなった。

『どっちにしても、灰田さんが無職になったってのは本当みたいなんだけどね。…丹野くん、雇《やと》うって決めたの？』

「……」

本当なら、即答《そくとう》で「まさか」と返せたのに。電話で聞いた声が気になっていて、返事が遅《おく》れた。考えてません。ぶっきらぼうな返事をすると、壱が灰田を邪険《じゃけん》にしていると知っている柏木は話題を変えた。翌日の打ち合わせに関する確認をして、通話を切る。

切れた携帯を置くと、残っていた洗濯物を干してしまおうと、ベランダに出た。物干しにシーツをひっかけ、皺《しわ》を伸《の》ばしながらも、灰田のことで頭がいっぱいだった。柏木の情報が本当だったら、灰田の言ってたことは嘘《うそ》になる。丹野事務所で働きたいから辞職したと言ったけれど、実は辞職した理由は別にあったのだ。灰田が無茶な選択《せんたく》をしたのは自分のせいではないかと、実は内心で気にかけていた。けれど、気にすることなどなかった。そう思うと、シーツを伸ばす手にも力が入る。

「…俺はダシかよ…」

フン、と鼻息を吐き、洗濯物を入れていた籠《かご》を手に中へ入ると、壱はクロを連れて部屋を出た。自宅にいてもやることはなくて。事務所で用事を片付けようと、出掛《でか》けた。壱の休日はいつもそうで、ゆっくり休もうと思いつつも、だらだらするのは性《しょう》に合わない。仕事関係以外で付き合いのある友人はいないし、取り立てた趣味《しゅみ》もない。好きなことは仕事になってる。自動的に事務所で過ごしていた方が快適なのだった。

途中《とちゅう》、コンビニに寄って食料を買い、事務所に着くと、まず自室を大掃除することにした。壱が使っている部屋以外は全《すべ》て、綺麗《きれい》好きな里見によって掃除されているが、自室だけは壱が自分で担当している。とにかく物が多いし、常に机の上は書類が山積みだ。

いつも許容量の限界が来てから整理するのだが、時間のある時にちょっとやっておこうかと、掃除機をかけてから、書類を選別していった。特に、本格始動を前にしているエリエゼルに関する書類は大量で、うんざりする程だった。

「…専用の棚《たな》、作らないとやってけないな…」

これから一年余りは確実に書類関係が増え続けると分かっている。工作の得意な里見に作らせようと思いつつ、書類を見ていると、内容が内容だけに、どうしても灰田の顔が頭にちらつく。それでも意識して考えないようにしながら、片付けていたのだが。

灰田にケチをつけられた初案が出て来ると、独り言が漏《も》れた。

「…なんだよ。やっぱ、これっていい感じじゃん」

そう呟《つぶや》き、ＯＫの出た現行案を探して比べてみる。暫《しばら》く時間が経っているせいで、二つを比《ひ》較《かく》して見るのは新鮮《しんせん》だった。すると、手を加えた現行案の方がよく見え、壱は言いようのない気分になった。

本当はよくあることで、いつもなら単純によかったと思ったり、反省したりするのだけど、どうも違う気分が湧《わ》いて、やりきれなくなる。全ては相手が灰田だからで、単純に一つの仕事だと捉《とら》えていないからだと思うと、自然と顔が顰《しか》めっ面《つら》になった。

「………」

灰田はどういうつもりであんなことを言ったのだろう。ここが気に入ったなんて。言い訳だったんじゃないか。ただ、自分が行《ゆ》き詰《づ》まって、それで辞めた癖《くせ》にあんなことを言って…。妙《みょう》にむかむかした気分になって来て、書類に八つ当たりしながら、ばんばんと音を立てて片付けていると、背後のソファに座っていたクロがさっと飛び下りて、部屋を出て行く。

「…クロ？」

クロの行動に、壱は緊張《きんちょう》を覚えて手を止めた。もしかして、灰田が来たのか。電話では暫く来られないって言ってたのに。灰田だったら、言ってやらなきゃいけない。人のせいにするなと、いい迷惑《めいわく》だと。そう思いながらも、灰田が抱《かか》えている見えない事情が気になっていた壱は、その場から動けないでいた。

クロが出て行った引き戸の隙間《すきま》を睨《にら》むようにして見ていると、間もなくして、人影《ひとかげ》が現れる。

「壱さん。いたんですか」

「………なんだ…」

「えっ…なんですか。その残念そうな顔は。ちぇー。俺じゃ喜んで貰《もら》えませんよねー。灰田さんだと思ったんでしょう？」

やって来たのは里見だったのだが、その台詞《せりふ》に、壱はむっとして柳眉《りゅうび》を上げた。それじゃまるで自分が灰田の訪問を喜んでいるみたいではないか。有り得ないと、激しく否定するのだが。

「何言ってんだ。俺はあいつを迷惑に思ってるんだぞ！」

「そうなんですか？　でも、壱さん、灰田さんが来ると嬉《うれ》しそうですよ」

「はあ⁉　お前はいつも何処《どこ》見てるんだ⁉　俺はあいつを……」

嫌《きら》ってるんだ…と言おうとしたけれど、そこまでは言い切れなくて、壱は途中で言葉を止めた。胸のもやもやが増えて行く。このまま増えていったら、息も出来なくなりそうで。壱は顔を顰めて、里見を見た。

「壱さん？…すみません……」

「……お前、何しに来たんだよ？」

「えーっと…家にいても暇《ひま》だったんで、掃除でもと思って…」

「ここに……この書類が入る棚を作っておいてくれ。このあと、これの五倍、増える予定だから。考えて作れよ」

「え…あ…はい。分かりました」

「俺、ちょっと出掛けるから。クロ、頼《たの》んだ」

　壱さん？　不思議そうに呼びかけて来る里見に答えず、壱は携帯と財布を摑《つか》んで仕事部屋を飛び出した。玄関先《げんかんさき》のストックルームから自転車を出し、勢いよく跨《また》いで漕《こ》ぎ始める。すっかり夏のものに変わった日差しが暑い程だったが、構わなかった。大嫌いな春の陽光に比べたら、快適に感じる程だ。

　向かうは港区。ヘルヴェチアグランドホテル。電話じゃ自分が弱くなるのは分かっている。灰田の顔を見て、言ってやりたかった。もやもやを解消する為に。


　再開発計画で新しく生まれ変わった赤坂に、去年建てられたばかりのヘルヴェチアグランドホテルは外資系の高級ホテルだ。壱も仕事の関係で訪れたことがあったのだが、自転車を停《と》めながら、目の前にあるガラスに映っている自分の姿を見て、思わず表情が曇《くも》った。

　超《ちょう》がつく程の高級ホテルに、Tシャツ、ジーンズ、スポーツサンダルは似合わない。せめて、髪《かみ》がぼさぼさなのだけでも何とかしようと、手櫛《てぐし》で梳《と》かしてみたが、代わり映えはしなくて、早々に諦《あきら》めた。

　ホテルのロビイへ向かいながら、壱は取り出した携帯の着歴を拾い、灰田に電話をかけた。呼び出し音はするのだが、灰田の声は聞こえない。繫《つな》がらない携帯を耳に付けたまま、壱は立ち止まった。

勢いでホテルまで来てしまったが、灰田が部屋にいるとは限らない。しまったな…と思っていると、呼び出し音が途切《とぎ》れ、「はい」という低い声が聞こえて来る。

「…俺。何処にいるんだ？」

『……ホテルの部屋にいるが…？』

灰田の答えに、壱はほっとしたが、聞こえた声は訝《いぶか》しげなものだった。灰田にしてみれば壱から電話があったことも驚《おどろ》きだったし、居場所を聞かれたのは意外だったのだろう。不思議そうな彼に、壱はストレートに要求を伝えた。

「会いたいんだけど。今、ビルの下にいて…これからロビイに上がるから。ラウンジとかでいいから、ちょっと話せないか？」

『ロビイって……このホテルのか？』

「ああ」

『どうして？』

理由を問う灰田に文句を言いに来たとも告げられず、壱は「話があるんだ」と曖昧《あいまい》に返す。話ながらも歩みを進めて、ロビイへ直行するエレヴェーターの前に着いた。タイミングよく扉《とびら》が開いたエレヴェーターに乗り込むと、他にも人が乗って来て、話しにくくなる。

「じゃ、ロビイで待ってる」

一方的に言って通話を切ると、畳《たた》んだ携帯をジーンズのポケットへ入れた。ビルの高層階部分を占《し》めるホテルのロビイは、三十六階にあった。軽く耳がぼわんとする感覚を覚えながら、エレヴェーターを降りると、出来るだけ目立たぬよう、さっさとロビイへ向かい、空いていたソファに腰掛《こしか》ける。

上等なクッションに沈《しず》みそうになりながら座っていると、間もなくして、携帯が鳴った。着信音を切っておかなかったのを後悔《こうかい》して、通話ボタンを押し、ソファから立ち上がる。ホテルスタッフの目を避《さ》けるように、歩きながら「はい」と答えると、灰田の焦《あせ》ったような声が聞こえた。

『すまない。抜《ぬ》け出せなくて…そっちに厄介《やっかい》なのが行ってしまった』

「厄介？」

何のことだ…と壱が問い返そうとした時、背後から肩《かた》を叩《たた》かれた。携帯で話しているのをスタッフに注意されるのかと思い、謝りながら振《ふ》り返ったのだが。

「すみま……」

目の前に立っていたのはホテルスタッフではなく、スーツを着た三十代半ばくらいの男だった。フレームレスの眼鏡《めがね》の奥で理知的に光る目が自分を厳しく捉えているのを見て、壱は言葉に詰《つ》まる。

もしかして、これが灰田の言う「厄介なの」か。そう思うと同時に、男が平淡《へいたん》な口調で尋《たず》ねて来た。

「失礼ですが、丹野さんですか？」

「……はい。そうですけど…？」

「お手間を取らせてすみませんが、少々、お話ししたいことがありますので、お付き合い願えませんか」

そう言われても、相手が誰なのかも分からないのに頷《うなず》ける筈《はず》もない。高級ホテルのロビイで、まさか、アンケートの類《たぐい》でもないだろう。壱は不審《ふしん》げに眉《まゆ》を顰《ひそ》め、繋がったままの携帯《けいたい》で灰田に問いかけた。

「なあ。厄介なのって、眼鏡かけたつり目？」

『……ああ……』

すまない…と謝る灰田の声は力のないもので、その後、何かを続けようとしたようなのだが、ブツンと通話が切れてしまった。何なんだ…と携帯を見つめると、前に立っている男が再度促《うなが》してくる。

「お時間はかかりません。灰田に関する件でお願いがあるんです」

「……お宅《たく》は？」

「申し遅れました……私、こういう者です」

差し出された名刺《めいし》を受け取ると、サードコンチネントパートナーズという、聞き覚えのある会社名と共に、CFOという肩書《かたが》きと下村《しもむら》という名前が記されていた。その名刺のデザインを見て、灰田の名刺を見た時と同じ感覚を覚えて、壱は微《かす》かに眉を顰める。

あの時、灰田の名刺は違《ちが》う会社名のものだったが、どっちにしても、ロクなデザイナーを雇《やと》ってないなと思う。名前を確認しただけで名刺を下げ、壱は下村という男を見た。

「…すみません。俺、名刺持って来てなくて」

「いえ。ここでは何ですから、あちらで話しませんか」

そう言いながら、下村は壱の答えを待たずにラウンジへと歩き始める。壱は諦め気分でその後に従った。灰田が部屋から出て来られない理由はどうも目の前の男にあるようだと感じていたせいもある。下村の話とやらを聞いて、それから灰田にもう一度連絡《れんらく》を取った方がよいだろうと判断した。

窓際の席に腰掛けた下村は壱が前に座ると、やって来たウエイトレスにコーヒーを頼んだ。壱も同じものを頼み、下村から渡《わた》された名刺をテーブルの上に置く。顔を上げると、下村が小さな咳払《せきばら》いをしてから、話し始めた。

「灰田があなたに妙《みょう》な申し出をしたかと思うのですが、全《すべ》てなかったことにして頂きたい」

「…妙な？」

「あなたが経営なさってるデザイン事務所で働きたいという希望を出しているのだと、灰田から聞いたのですが」

「……」

確かにその通りで、それを壱は突《つ》っぱねている。けれど、下村の口振《くちぶ》りからすると、そのことは知らない様子だった。灰田がどういう状況《じょうきょう》にあるのか、知りたかった壱は、黙《だま》って下村の顔を見つめていた。

「灰田が現在の仕事から一切《いっさい》手を引き、新しい仕事を始めたいと言い出した時、てっきり別の新しい会社を立ち上げるのだと思ったんです。そうならば、私も協力したいと思い、申し出たのですが、今の仕事とは全く関係のない会社に勤めるつもりだと言うので、どういうことなのか、問い詰めてみたら、あなたの事務所で働くつもりだと言うじゃないですか。驚きましたよ。デザイン事務所で灰田が何をやるのかっていう疑問もありますが、二人しか雇われていないような、小さな事務所なんですよね？」

「……そうですけど？」

声をかけられた時からいい印象は抱《いだ》いていなかったが、長く話していると、更《さら》に印象が悪くなっていく。なんだこいつは。下村の高慢《こうまん》な態度に、壱は内心でむかつきを覚えながらも、最後まで話を聞こうと、努力して自分を抑《おさ》えていた。

「あなたが何処《どこ》まで灰田をご存知なのかは知りませんが、彼は幾《いく》つもの会社の代表職や、役員を兼《か》ねていたような男です。そんな従業員が二名しかいないような会社で働くような人間じゃありません」

「辞めたって聞きましたけどね」

「それは…こちらにも色々事情がありまして…今はこういう形になっていますが、灰田には別会社を立ち上げ、今以上の地位を築ける可能性が十分にあります。私を含《ふく》め、灰田を支えようという人間は大勢います」

ふうん…と壱が興味なさげに頷くと、ウエイトレスがコーヒーを運んで来る。自分の前に置かれたカップを持ち上げ、一口、口をつけてから腰《こし》を浮《う》かせ、煙草《たばこ》を取り出す。それを見て、下村がさっと眉を吊《つ》り上げた。

「禁煙《きんえん》ですよ」

「……そうですか……」

指摘《してき》された壱自身、灰皿を目で探しながら思い出していた。いつもつい、忘れてしまって煙草を出してしまうが、今はどこもかしこも禁煙で、外出すると吸える場所を探すのに一苦労する。世間の風潮には逆らえないと思っているから、ごねるつもりはないけれど、下村の言い方にかちんと来た。

元々、壱は人見知りをする質《たち》で、人の好き嫌《きら》いが激しい。嫌いな人間とは口もききたくない…というのが本音で、次第にむかむかが大きくなって来る心を抑えているのが辛《つら》くなって来た。煙草が吸えないから余計である。

「灰田は私たちから考えを改めるよう説得しますので、あなたには灰田からの申し出を忘れて欲しいんです」

本当ならばそこで「はい、分かりました」と言って引き下がれば、壱としても厄介な問題が一つ、片付く筈だった。灰田に会いに来たのも、文句が言いたかったからで、それから引導を叩き付けるつもりだった。

なのに。下村の話を聞いていたら、頷けなくなってしまった。

「働きたいと言って来たのはあいつの方ですよ。なんで俺が忘れなきゃいけないんですか」

「……私の話を理解して頂けませんでしたか？」

「あなたが言いたいのは、つまり、うちみたいな零細企業《れいさいきぎょう》にあいつは宝の持ち腐《ぐさ》れだってことでしょ。けど、俺が頼《たの》んだ訳じゃありませんから。それにあなたがあいつのことを本当に考えてるなら、やりたいってことを後押ししてやるのが本当なんじゃないですか。そうでないなら、あなたはあいつを利用したいって思ってるってことでしょ」

「な…にを……」

意地悪な指摘にさっと顔色を変える下村を、壱が冷静な目で見ていると、「丹野」と呼ぶ声が背後から聞こえて来る。振り返れば、灰田がロビイにいた。それには下村も同時に気付いて、驚《おどろ》いた顔で声を上げる。

「灰田…っ⁉」

険しい表情の下村を一瞥《いちべつ》した壱はさっと立ち上がり、ラウンジから駆《か》け出した。ロビイとラウンジの間には数段の段差があるだけで、それを飛び下りるようにして越《こ》えると、待っていた灰田に促されるままロビイを走り抜けた。

タイミングよく待機していたエレヴェーターに乗り込むと、「閉」のボタンを連打する。扉《とびら》が閉まり、動き出した箱の中で、壱は思わず笑い出していた。

「なに、これ。脱走《だっそう》？」

「すまない。色々……あって…」

「いいよ。こんなたっかいホテルのロビイで走れるなんて、滅多《めった》にない」

びっくりした顔で見送っていたホテルスタッフの顔を思い出すと、益々笑えて来る。壱が余りに笑うものだから、灰田も釣《つ》られて笑《え》みを浮かべ、地上に下りる頃《ころ》には二人揃《そろ》って笑い声を上げていた。

高層階に広がる魔法《まほう》の空間から、地上の現実へと下り立つと、壱は笑みを仕舞《しま》って、灰田に改めて「話がある」と持ちかけた。さっき、下村から聞いた話も合わせて、灰田にはちゃんと確かめなくてはいけない。

壱の厳しい顔を見た灰田は小さな苦笑を浮かべ、下村たちが探しに来るかもしれないからここを離《はな》れようと提案した。停《と》めておいた自転車を取りに行くと、暫《しばら》く歩き、通り沿いに見つけたカフェに入る。幸い、喫煙《きつえん》席のある店で、壱はほっとした気分で、席に座るなり、煙草を咥《くわ》えた。

「あいつ、お前の部下？　上司？」

「……下村のことか？…まあ、立場的には部下、だな…」

「じゃ、いいな。嫌《いや》な奴《やつ》だな、あいつ」

ふんと鼻から白い煙《けむり》を吐《は》き出す壱を見て、灰田は笑ってしまう。壱が厳しい評価を下す意味はよく理解出来た。

「嫌煙《けんえん》家なんだ。注意されたのか？」

「嫌みっぽくね。ったく、煙草吸わないことがそんなに偉《えら》いのかよ」

「身体《からだ》にはよくない」

「俺は吸わない方が、健康に悪い」

すぱすぱとわざとらしく煙を吐き出す壱を灰田は呆《あき》れ顔で見る。壱が煙草を一本、吸い終える間に、ウエイトレスが注文したコーヒーを運んで来た。灰田はそれを一口飲んでから、「それで」と話を切り出す。

「どうして来てくれたんだ?」

「……」

灰田に聞かれた壱ははっとした顔になって息を吐いた。文句を言ってやろうと、勢いだけでホテルまでやって来たのに、別のむかつきが生まれて忘れそうになっていた。ただ、下村の話を聞いた後だったから、灰田がどういう事情を抱《かか》えているのかを先に聞くべきだと考え、壱は正面から尋《たず》ねる。

「さっきの…下村だっけ? あいつに、お前がうちで働きたいって言ったのをなかったことにしてくれって言われた。うちみたいな零細企業がお前を雇《やと》うのは分不相応だってよ」

「…それは…」

「一体、どうなってんの? 今まで何も聞かなかった俺も悪いけど、言わないお前も悪いと思うよ。…午前中にさ。柏木さんから電話貰《もら》って、お前が…社長を辞めたっていうのが新聞に載《の》ってて、一緒《いっしょ》に会社内部で揉《も》めてたって記事もあったって聞いたんだ。お前、うちで働きたいから辞めたんじゃなくて、元々、揉めてたんで辞めた訳？」

　そうならばそうで、自分に対して失礼なんじゃないか。そんな思いを言外に込めて壱が言うと、灰田は小さく息を吐いて「すまない」と詫《わ》びた。それから、困ったような表情で、説明を始める。

「…前から社内で色々と揉め事があったのは本当だ。それで…ゆっくり考えたくて、休暇《きゅうか》を取って、こっちへ来たんだ。その時、丁度、エリエゼルホテルの日本での最終プレゼンが行われるって話を耳にして、ついでに参加させて貰ったんだ」

「ついで？」

　灰田がぽろりと漏《も》らした単語を、壱はむっとして繰《く》り返す。「ついで」で参加したプレゼンで、リテイクを出したのか？　そんな文句は声にならずとも、壱の顔に大きく書かれていて、灰田は慌《あわ》てて訂正《ていせい》した。

「違《ちが》う、違うんだ。ついでというのは言葉が悪いが……エリエゼルの一件は俺が個人的な思いで動かしていたプロジェクトでもあって、だから、直接関わりたいといつも思っていながら、忙《いそが》しくて人任せにしてたんだ。それが…タイミングよく最終プレゼンまで来ているというので…是非《ぜひ》と思って…。全《すべ》て、傘下《さんか》の企業《きぎょう》に任せてあったんだが、無理に立場を作って貰って選考メンバーに加わったんだよ。それで…やはり、俺は買収の責任者でもあったから、最終プレゼンの責任者にもなってくれと言われたっていう訳で…」

「ついでに？」

「だから、言葉が悪かった。ごめん」

申し訳なさそうに詫びる灰田に、壱は眇《すが》めた目を向け、「それで？」と先を促《うなが》す。灰田は言葉を選びながら、慎重《しんちょう》に正直な話を打ち明けた。

「その……プレゼンの会場で丹野に会って…」

「……」

「…演台に立っている姿を見た時は、凄《すご》く若く見えたし、…シャツにチノパンっていう格好も、どうかと思った。顔色も悪かったし、ふらふらしてるみたいで、どうしてこんな人間がプレゼンターになったのか、不思議だった。けど、実際、プレゼンが始まると、正直、驚いた。今まで色んな会議に出ているが、あんなに情熱的に話す人間を見たのは初めてだった。なんて言うか……本当に自分の仕事が好きで、自信を持ってるんだって、純粋《じゅんすい》に伝わって来た。外見がどんなに頼《たよ》りなげでも、この人間に仕事を任せたら、きっといいものに仕上がるだろうって、思わせる何かがあった」

褒《ほ》め殺しなのか？　と思う程、手放しで絶賛して来る灰田の前で、壱は険相を深くしつつも、内心では動揺《どうよう》していた。いけない方向に話がいってしまいそうで。好きだ、と告白された時の緊張《きんちょう》が甦《よみがえ》って来るようで。壱は懸命《けんめい》に自分を保とうと努力していたのだが、灰田が続けた言葉で反射的に眉間《みけん》の皺《しわ》を深くした。

「だから…リテイクを出すことになったんだ」

「……なんで？」

意味が繋《つな》がらない。最初から気に入っていたというならば、即座《そくざ》にOKを出してくれてもよかったのではないか。不審《ふしん》げに聞く壱に、灰田は笑みを浮《う》かべ…けれど、何処《どこ》か申し訳なさそうな顔で告白する。

「話がしてみたかったんだ」

「は？」

「質問をしたら、会話が出来るじゃないか。それで、聞いてみたんだが、なんて言うか……あの時は成り行きで、売り言葉に買い言葉みたいになってしまって…。それに、再プレゼンにすれば、もう一度会えるかなと…」

「お…まえなあっ…！」

まさか、そんな理由でリテイクを出されたなんて。短期間で再考案を出さなくてはいけなくなった当時の苦労が甦り、鼻息荒《あら》く怒《おこ》る壱に、灰田は「ごめん」と何度目かの詫びを口にする。

「丹野が余りにも勝ち気だから、つい…」

「つい？　つい、でリテイク出す奴がいるか？　俺がどれ程苦労したか…」

「ああ、分かってる。…あの後、後悔《こうかい》もあって、事務所を訪ねてみたんだ。事情を話して、謝ろうかとも思ってたんだ。けど、ずっと怒ってるから…」

「俺か？　悪いのは俺か？」

信じられないと、壱は憤懣《ふんまん》やる方ない思いで新しい煙草《たばこ》に火を点《つ》ける。リテイクの裏にそんな馬鹿《ばか》げた事情があったなんて。有り得ないと、怒る壱に、灰田はさらりと続ける。

「でも、再考したものの方が断然よかった。あれを事務所で見せて貰った時、さすがだなって思った」

「その分、苦労したからな！」

「ああ。でも、よかったと思わないか？」

灰田に真面目《まじめ》な顔で聞かれて、壱は言葉に詰《つ》まった。リテイク後、練り直した案が前よりもよくなったのは確かだった。苦労は無駄《むだ》でなかったから、頷《うなず》くしかないのだけど、素直《すなお》に頷けないのは仕方のない話で。

「……」

憮然《ぶぜん》とした表情で黙《だま》ったまま、煙草を吸っていると、灰田の携帯《けいたい》が鳴り始める。灰田はスーツのポケットから取り出した携帯を開き、暫《しば》し画面を見つめてから、ボタンを押した。

壱としては、てっきり、さっき置いて来た下村だと思ったのだが、灰田が話し始めたのは英語だった。視線を俯《うつむ》かせ、低い声で話し始める灰田の顔は時折見せる硬《かた》いものになっていた。仕事用の顔。そう思うと、壱は複雑な気分になる。

厳しくて、難しげな表情は、側《そば》にいることを躊躇《ためら》わせる。一緒に逃《に》げて来て、自分に事情を説明していた灰田とはまるで別人だ。電話に出ただけで、こんなにも印象を変えるなんて。恐《おそ》らく、電話の相手は部屋で灰田と一緒にいた人間…彼を引き留めていた相手なのだろう。

下村の口振《くちぶ》りでは複数の人間で灰田を説得している様子だった。逃げ出して来た灰田にはそのつもりはないのだと分かるが、どちらが正しい選択《せんたく》なのかは明らかなように思える。灰田に相応《ふさわ》しいのはどちらなのか。

暫《しばら》くの間、話し込んでいた灰田は最後にちらりと壱の顔を見てから、通話を切った。携帯を閉じると、「ごめん」と謝る。

「……いいのか？　戻《もど》らなくて」

「ああ」

はっきり答えながらも、灰田は別の考えを抱《いだ》いているようで、携帯を手にしたまま、宙を見つめていた。心、ここにあらずといった様子を見て、壱は内心で溜《た》め息を吐いて、吸い終えた煙草を灰皿に押し付けた。こほん、と軽く咳払《せきばら》いをして、「あのさ」と灰田に話しかける。

「電話で…暫く来られないって言ってたのは、さっきの……下村だっけ。あいつがアメリカから来たから？　他にも…いるみたいだけど」

「…下村にも……他の人間にも、色々世話になったから、ちゃんと話して理解して貰おうと思ってるんだ。多少、時間はかかるかもしれないが…」

そう言う灰田の顔に迷いはなかったが、躊躇いみたいなものは感じられた。壱は静かな瞳《ひとみ》でじっと見つめ、冷静な考えを告げる。

「お前が来るまで、少し話してたんだけどさ。あいつの言い方はむかついたけど、おかしなことを言ってるとは思わなかった」

「……何を言ってた？」

「うちがデザイン事務所って、全く違う分野ってこともアレだけど、それよりもまず、やっぱりお前は三人しかいないような小さな会社で働くような人間じゃないんじゃないか。お前にはもっと…大きくて派手な舞台《ぶたい》が似合ってると思う。なんて言うか…人間にはいるべき場所がそれぞれにあるから」

「……」

壱の指摘《してき》に、灰田は微《かす》かに顔を顰《しか》めた。嫌《いや》そうな表情ではなく、辛《つら》そうに見えるその顔は心に鋭《するど》く刺《さ》さる。それでも。ここで自分がはっきり言わなくては、灰田にとってもよくない結果に終わるかもしれないからと、意を決してわざと嫌な言葉を口にした。

「お前がうちで働きたいっていうのは、単なる逃げなんじゃないのか？　俺は言い訳にされるのはごめんだからな」

最後の一言は、灰田に言ってやりたいと思っていた言葉で、ホテルまでやって来た理由でもあった。だから、言えてすっきりした筈《はず》なのに、灰田の顔を見ていると、後悔がむくむくと湧《わ》き出して来る。壱はそれが嫌で、テーブルに置いてあった煙草とライターを手に取ると、席を立った。

灰田は声をかけて来なくて、座ったままだった。逃げるように店を出て、自転車に乗ると事務所へ向かって、ひたすらペダルを漕《こ》いだ。

事務所に着いた頃《ころ》にはすっかり日が暮れていた。里見はまだいるだろうかと思いつつ、庭へ足を踏《ふ》み入れると、建物に明かりがないのを見て、帰ったのだと知る。鍵《かぎ》が閉まっていた玄関《げんかん》を開け、自転車を仕舞《しま》うと、奥に入って電気を点けた。

自室を覗《のぞ》くと、里見に頼《たの》んだ棚《たな》はまだ作られていなかった。それはついでみたいなものだったから、構わなかったのだけど、クロが気になって携帯を取り出す。何回目かのコール音で、里見の声が聞こえた。

「…あ、俺。家？」

『すみません、壱さん。実はあの後、棚の材料を買いに行こうとしたら、連れにばったり遭遇《そうぐう》しまして…。バーベキューをやるんで手伝えと言われて、クロも連れて来ちゃったんですよ』

説明する里見の背後からは賑《にぎ》やかな雰囲気《ふんいき》が伝わって来る。クロを引き取りに行こうかと、壱は申し出たのだが、大丈夫《だいじょうぶ》ですと里見は断った。

『他にも犬、連れて来てる奴《やつ》とかいるし、全然平気ですから。明日、事務所に連れて行きますね』

「悪いな。じゃ、頼む」

普段《ふだん》から里見に世話を頼むことが多いので、クロも彼と過ごすのに慣れている。安心して任せ、携帯を畳《たた》んだ。事務所では普段、複数のパソコンやモニターが動いているので、何かしらの機械音がしているのだが、休みで誰《だれ》もいないこともあって、夜になった部屋はしんとしている。酷《ひど》く静かなそこにいると、悪い記憶《きおく》が甦ってきそうで、すぐに事務所を出た。

施錠《せじょう》して、庭へ出ると、空に月が浮かんでいるのが見えた。立ち止まって眺《なが》めていたら、灰出していた。
音羽を思い出させるような響《ひび》きがせつなくて、泣くつもりなんてなかったのに涙《なみだ》が自然と溢《あふ》れ田が満月を見て「綺麗《きれい》だ」と呟《つぶや》いていたのを思い出す。その声音《こわね》を聞いて、泣いてしまった。

こうして月を見て、灰田の顔を先に思い浮かべたのは、音羽との記憶が上書きされたからだろうか。灰田との時間の方が新しいから？　永遠に新しく生まれ変わることのない記憶だと思っていたのに、声が似ているというだけで、置き換《か》えられるものなのだろうか。

だとしたら、自分は酷く安い人間だ。灰田に対する苛立《いらだ》ちよりも、自分への軽蔑《けいべつ》を強く抱いて、壱は深く息を吐《は》き出し、歩き始めた。帰る場所は一つしかなくて、マンションへ向かったのだけど、本当は帰りたくなかった。クロがいないから、一人で夜を過ごさなきゃいけない。里見のバーベキューに参加させて貰《もら》おうか。綾子に電話して、夕食でもどうかと誘《さそ》おうか。部屋に帰らないで済む方法を色々考えたけれど、どれも別の意味で厄介《やっかい》に思えてのろのろと夜道を歩いていった。

忙《いそが》しい時期は近い自宅が有り難いけれど、こういう時はあっという間に着いてしまって嫌になる。億劫《おっくう》な気分で階段を上り、玄関の鍵を開け、中へ入った。部屋は真っ暗だったが、電気を点ける気分になれなくて、そのまま廊下《ろうか》を進むと、キッチンの冷蔵庫を開けた。ビールを取り出してドアを閉めると、庫内の照明を目に受けたせいで暗闇《くらやみ》がきつく感じる。その場でプルトップを開け、一口飲み、視界が落ち着いてから移動した。

ベランダに面した背丈《せたけ》窓の前に腰《こし》を下ろそうとすると、干しっぱなしだった洗濯《せんたく》物が目に入

出した。慌《あわ》てて缶《かん》を床《ゆか》に置き、洗濯物を取り込む。ソファの上にどさりと投げ捨て、煙草を取り

った。

咥《くわ》えた煙草《たばこ》に火を点《つ》け、洗濯物を畳《たた》んだ。そのままにしておいたら、次に着る時まで置きっぱなしになると、今までの経験上、分かっている。それにクロが帰って来たら布に毛がついて、結局、また洗わなくてはいけなくなる。めんどうくさく思う気持ちもあるが、時間のある時にやってしまった方がいい。壱はきびきびと働き、全《すべ》ての洗濯物を仕舞った。

「……ふう」

大した労働じゃないのに、慣れないことというのは、充実感《じゅうじつかん》を生むもので。一仕事やり終えた気分で床に座ると、飲みかけだったビールに口をつける。新しい煙草を咥えながら、窓越《ご》しに空を見ると、窓枠《まどわく》に引っ掛《か》かっている月の端《はじ》っこが見えた。月明かりがあるから、電気を点けなくても十分動ける。暗い部屋から眺める月は刻々と移動しているから、もうすぐ、なくなってしまうだろう。

月の尾《お》が消えるまで。そう思い、何も考えずに……意識して、考えないようにして白い影《かげ》を見つめていた壱は、ピピピと鳴る電子音に身体《からだ》を震《ふる》わせた。静寂《せいじゃく》を破る着信音に、慌ててジーンズのポケットから携帯を取り出す。

里見か、綾子か。それとも仕事先の人間か。誰だろうと思いながら、画面を見ると、どきりとするような番号があった。昼間、着歴を拾ってかけ直した番号。灰田だった。

「……」

捨て台詞《ぜりふ》を残して逃げるようにカフェを出たのは、灰田の為《ため》ではなく、本当は自分の為だった。自分の中に弱さと脆《もろ》さがあるのだと、自覚している。特に灰田は駄目《だめ》だ。電話に出たら、思い描《えが》いて来た未来がねじ曲がってしまう。

そう分かっているのに。

「……」

鳴り続ける携帯を見つめ、息を吸い込んだ。途切《とぎ》れればいいのに。そう願っても着信音が止《や》む気配はなく、番号を見つめながらボタンを押した。

通話状態になった携帯《けいたい》をゆっくり耳につけ、目を閉じる。暫くの間、何も聞こえなかったけれど、囁《ささや》くような声が聞こえて来た。

『……壱？』

こんな時に名前を呼ぶ灰田は卑怯《ひきよう》だと思う。一人きりで部屋にいるのを、灰田は知っているのだろうか。長い息を緩《ゆる》く開いた唇《くちびる》の間から逃《のが》し、「なに」と無愛想な口調で返した。短い言葉でなければ、声が震えているのがバレてしまう。息を吸う音も気遣《きづか》って、口に手を当てる。

『何処《どこ》にいる？　事務所？　家？』

「……」

答えられなくて黙《だま》っていると、沈黙《ちんもく》が流れた。通話口からは何も聞こえない。昼間は誰かの話し声や、雑音みたいなものが聞こえたのに、今は静かな場所にいるようだ。きっと、一人で。

最後に見た、灰田の辛そうな顔を同時に思い出していると、記憶にあるものと同じ声が密やかに囁く。

『会いたい』

「…っ…」

耳から入って来るその声音に、息を呑《の》んだ。灰田と電話で話すのは危険だと悟《さと》ったのは今朝の話だ。まだ一日も経ってない。なのに、どうしてボタンを押してしまったのだろう。灰田の声が聞きたかったから？　灰田が心配だったから？　同じような気持ちを抱《いだ》いていたから？

自分の全てを否定したいような絶望感に駆《か》られながら、壱は目を開いた。逃《に》げ込んじゃ駄目だ。音羽を失ったという現実とずっと闘《たたか》って来た。自分の命が潰《つい》える時まで闘うと決めた。今《いま》更《さら》、何かに縋《すが》るなんて。出来やしない。辛い結果を生むだけだ。

だから。震える声で、真実の気持ちを告げた。

「…誤解してるのか？」

『何を』

「俺はお前のことなんか、ちっとも、見てない」

嫌なことを沢山《たくさん》言って、酷《ひど》いことを沢山言って。今、灰田を傷付けて、遠ざけておかないといけない。そうしないと、いつか耐《た》えきれない程の哀《かな》しさに苦しめられるから。もう、これ以上、苦しみを仕舞い込める場所は自分の中にはない。

「…この前…抱かれたのは、…お前の声が音さんに似てたからだ。似てなかったら、どんなに弱ってても絶対に抱かれなかった。音さんだって…錯覚《さっかく》してしまったから…。あれは間《ま》違《ちが》いだったんだ。だから…」

『…誰かの代わりでもいい』

「…っ。代わりとかそういうんじゃ…」

『好きなんだ、壱が』

「……」

ストレートな告白が身体に響く。目を閉じちゃいけない。声だけ聞いていたら、また錯覚してしまうから。しっかり目を開いて、現実を見つめて。今、話しているのは灰田なのだと、強く思って自分を保とうとするのに。

開いた瞳《ひとみ》から涙が溢れ出して、視界を滲《にじ》ませる。ぽつんと床に落ちた水滴《すいてき》の跡《あと》を見て、慌てて顔を上げた。息を深く吸って窓越しの空を見ると、窓枠の端《はし》に引っ掛かっていた月の尾は、姿を消していた。

『会いたい』

深い声が涙を流させる。せつなく、低い響きは灰田が抱《かか》えている苦しみを表しているのだろうか。直接訪ねて来るのではなく、電話をかけて来た灰田がどういう思いでいるのか、想像するのは容易《たやす》くて、苦かった。

徹底的《てってい》に拒絶《きょぜつ》しないと。来るなと、二度と会いたくないと、言わなくてはいけないのに、声が出ない。何も言えなくて、壱はそのまま通話を切った。次から次へと涙が溢れて来て、止まらなかった。自分が何をしているのか、分からなくて、ただ泣きながら座り込んでいた。

ピンポーンと、チャイムが鳴ったのは涙も止まり、気分を落ち着かせようと、乾《かわ》いた唇に煙草を咥えた時だった。電話を切ってから、三十分程が経《た》っていた。車を飛ばせば、灰田がやって来るのに十分な時間だ。

壱は眉《まゆ》を微《かす》かに顰《ひそ》め、煙草に火を点けた。煙《けむり》を深く吸い込んで、長く吐き出す。玄関《げんかん》は開いているから、入って来ようと思えば入って来られる。不思議と緊張《きんちょう》していない自分を冷静に見つめながら、指に挟《はさ》んでいた煙草を咥えた。

鳴り続ける携帯のボタンを押した時に、分かっていた。会いたい、と言う声を聞く前に、灰田がどうして電話をかけて来たのか。その理由を察していた。

「……」

ひたひたと近付いて来る足音に、壱が煙草を咥えたままゆっくり振《ふ》り返ると、廊下へ続くドアのところに灰田が立っていた。闇《やみ》の中でははっきり顔は見えない。それはいいのか悪いのか、分からないなと思っていると、低い声が尋《たず》ねて来る。

「…クロは?」

「…里見のところ」

短く答えた声は、泣いていたせいか、とても掠《かす》れていた。きっと目が真っ赤になっているだろうけど、この暗さでは見えやしない。いや、見えたとしても、灰田は何も言わない筈《はず》だ。

灰田は普段《ふだん》、横柄《おうへい》な態度でからかったりもするけれど、こういうことにおいては、細やかで慎重《しんちょう》になるのだと、抱かれた後に知った。気遣っているというより、戸惑《とまど》いを強く含《ふく》んだその態度は、彼が恋愛《れんあい》に慣れていないのだと教えているようだった。

けれど、壱自身、好きになった相手は一人だけだ。儚《はかな》い泡《あわ》のように消えてしまった幸福な時間を胸の奥底に仕舞《しま》って、一人で生きて来た。だから、灰田の困惑《こんわく》に上手に気付けないでいた。

一度立ち止まった灰田は、再び足を進め、壱の横に腰を下ろす。ちりりと、煙草の燃える音が聞こえる程の静寂が過ぎ、壱が灰皿を引き寄せると、灰田が口を開いた。

「…俺はやっぱり、壱の側《そば》にいたい」

「……………」

愛した人と同じ声で告げられる甘い告白は、どうやって心を律しても惑《まど》わされる。煙草を灰皿で潰《つぶ》し、息を吐《は》いて、灰田を見る。すぐ近くまで来た灰田の顔は、暗い中でも表情が窺《うかが》えた。カフェで別れた時よりも、更《さら》に苦しげで疲《つか》れているように見える。あの後、灰田はホテルに戻《もど》り、色んな相手と、色んな事を話し合ったに違いない。

そうして、ここにいるのだ。側にいたい、と告げる為に。

「恥《は》ずかしい話をしてもいいか？」

ぼんやり考え込んでいた壱は、彼と視線が合っているのを意識していなかった。唐突《とうとつ》な問いで我に返り、目を動かして、「なに」と短く聞く。

「俺は…人を好きになったのは初めてなんだ。ずっと…誰《だれ》かを好きになるって意味が分からなかった。好きだっていうのがどういう感情なのか分からなくて、けど、分からなくても別に平気だったんだ。好きな相手がいなくても不自由はなかった。寂《さび》しいとも思わなかったし、パートナーが欲しいとも思わなかった。プライヴェートで誰かと出会いたいなんて、思う余裕《よゆう》もなかったし……」

淡々《たんたん》と話す灰田の顔を見ていられなくて、壱は目を伏《ふ》せて、床《ゆか》を見つめていた。ここにいるのは音羽じゃない。音羽とは全然違う。音羽は人に愛されるのも、愛するのも上手だった。関係の終わった相手さえも、上手に距離《きょり》を持って愛していた。常に誰かを気にかけ、極上の優《やさ》しさを誰しもに分け与《あた》えていた。

好きになるって意味が分からなかった。そう言うのが音羽の声であっても、音羽じゃない。それに、そんなの、音羽には有り得ない話だ。分からなかったのは自分の方だ。誰かを好きになるなんて、馬鹿《ばか》げていると思ってた。恋愛なんかに時間を費やすならば、他にやりたいことが沢山あった。

なのに、音羽に出会って、がらりと世界が変わった。そんな昔の自分を思い出し、壱は煙草《たばこ》の箱に手を伸《の》ばす。最後の一本。抜《ぬ》き取ろうとして、指先が震《ふる》えているのに気付く。

「壱に会って、不思議だった。自分がどうしてもっと見ていたいと思うのか、分からなくて、分からないから、余計に理由が知りたくて、事務所に通っていたんだ。それが…好きだからだって、はっきり自覚したのは……あの時…好きになってもいいかと、聞いただろう。あの時、自分の口から好きっていう言葉が出て来たのに驚《おどろ》いて、けど、凄《すご》く納得《なっとく》した。そうか、これが好きってことかって…」

「……俺は……」

うまく抜けなかった煙草を諦《あきら》め、絞《しぼ》り出すような声を出して、灰田を見る。真剣《しんけん》な顔で自分を見ているその姿を目にしたら、脳裏《のうり》に昔の自分が甦《よみがえ》った。音羽に気持ちを伝えた時の自分はきっとこんな顔をしていたのだろう。

そんな想像をしたら、止まった筈の涙《なみだ》が再び溢《あふ》れ出す。

「俺は……」

その先が続けられないでいると、灰田の腕《うで》が伸びて来た。力強く引き寄せられ、抱《だ》き締《し》められる。胸に手を着き、離《はな》れようとするけれど、耳元で囁《ささや》く声に崩《くず》される。

「泣かないでくれ」

耳に入って来る声に思考を掻《か》き回され、手に込めた力が抜けた。人肌《ひとはだ》の温かさと、愛しい声にまた惑わされている。過《あやま》ちだったと深く後悔《こうかい》したのに、突《つ》き放せないのは、苦しげな顔で告白する灰田が、昔の自分とだぶるからだ。

それでも。告げておかなくてはいけないと、必死で息を吸い込む。

「……俺は…お前を好きになることは……ない…」

絶対、それだけは有り得ないと、掠れた声でも強く言い切った。誰も好きにならない。それは決めたことではなくて、自然の成り行きだった。ただ一人、愛した人はこの世からいなくなってしまった。人を愛するということを、成就《じょうじゅ》出来ないまま、失ってしまった。自分の中で音羽との恋愛は永遠に結末を迎《むか》えない。終わりのない恋《こい》を抱えたまま、誰かを好きになるなんて、出来やしない。

腕の中で残酷《ざんこく》な宣言をする壱を、灰田は力を強くして抱き締める。

「好きだ……壱」

好きだ。繰《く》り返される告白は身を切るようなせつなさに満ちていた。


弱っていた身体《からだ》を長く雨に当て、ぼろぼろになっていたこの前とは違う。あの時は夢の中にいるようだった。自分が錯覚《さっかく》しているのも許せてしまえるくらい、抱き締めてくれる腕を有り難く思えるくらい、混沌《こんとん》とした意識下にあった。

でも、今は違う。どうして灰田に抱かれるのか。自分に対する言い訳が見つからないまま、壱は灰田の口付けを受け止めていた。

「……っ……ん……ふ……」

不安定な体勢で長くキスをしているのはしんどかったけれど、逃《のが》れるつもりはなくて、灰田の唇《くちびる》が離れて行くまで、口付けを続けた。ゆっくり、唇を舐《な》めていた舌が離れ、目を開けようとする前に、その場へ優しく横たえられる。

Tシャツの薄《うす》い布越《ご》しに感じる床が冷たい。心地《ここち》よく感じるのは、キス一つで、体温がとても上がってしまったからだ。甘い匂《にお》いのする息を吐き出すと、上着を脱《ぬ》ぎ、ネクタイを外した

灰田が覆《おお》い被《かぶ》さって来る。

「壱…」

低い声で名前を呼ばれて、目を閉じた。壱。闇の中、瞼《まぶた》を伏せて聞く声は怖《こわ》い程似ていて、その掌《てのひら》が誰のものなのか、分からなくなる。自分を抱いているのは音羽じゃない。灰田だ。それは分かっている。けれど、分からないと自分に思わせるのに十分な材料だった。

「…ん…っ……」

唇を重ね、深い場所まで舌が探って来る。緩《ゆる》い快感が身体の奥に溜《た》まっていく。Tシャツの裾《すそ》から忍《しの》んで来る手で皮膚《ひふ》を丁寧《ていねい》に撫《な》でられ、指先が胸の突起《とっき》に辿《たど》り着くと、鼻先から微《かす》かな息が漏《も》れた。

口内を舌で弄《いじ》られながら胸を摘《つま》まれる刺激《しげき》に反応して、中心に熱さが集まって行くのを感じる。甘い苦しみに眉根《まゆね》を寄せると、口付けが解かれた。

「…っ…は……あ…」

息を吐き出す口の端《はし》を舌が舐め、頬《ほお》から首筋へとくすぐったいような愛撫《あいぶ》が移動する。身体を屈《かが》めた灰田に突起を舌先で弄られると、身体がびくんと震えた。濡《ぬ》れた感触《かんしょく》と、柔《やわ》らかい唇を感じるだけで、突起が硬《かた》くなるのが分かって、情けないような気持ちになる。

漏れる声音《こわね》がはしたなくならないように。浅ましくならないように。気を付けているのに、身体は素直《すなお》に快感を受け止めるから。灰田から与えられる快楽にゆっくりと溺《おぼ》れていく。身動きが出来なくなる迄《まで》の僅《わず》かな時間。戸惑う心を消して。

「……ん……っ……あ」

　ぷっくりと盛り上がった突起を舌で転がされ、唇で吸われる。反対側は指で摘まれ、両方から受け取る刺激に、腹の底がきゅんとなる。熱い吐息《といき》を漏らし、閉じていた瞼をそっと開けると、外からの僅かな明かりを反射している天井《てんじょう》が闇の中で白く浮《う》かび上がって見えた。

　灰田の髪《かみ》に手を伸ばし、優しく握《にぎ》り込む。焦《じ》れったいような感覚が次第《しだい》に大きくなって、身体の奥にある欲望を挑発《ちょうはつ》する。膝《ひざ》を立て、脚《あし》の間にある灰田の身体を挟《はさ》むようにして力を込めると、胸を弄っていた手がジーンズに伸びていった。

「……っ……あ……」

　硬い布地の上から触《ふ》れられただけでも感じてしまう。細く高い声を上げて、髪を摑《つか》んでいる手に力を込めると、ボタンを外された。衣服が窮屈《きゅうくつ》に思う程、形を変えていたのだと、解放されてから気付く。

　ジーンズと下着をずらし、外に出たものを灰田の掌が包み込む。まだ柔らかさの残っていた壱自身は、軽く上下に扱《しご》かれただけで、すぐに硬さを増した。

「……あ……っ……ん……っ」

「壱……」

　胸から顔を上げた灰田が、耳元に唇を寄せて囁く。低い声で紡《つむ》がれる名前に、半身がぶるりと震えた。駄目《だめ》だと思って、目をきつく閉じ、長い息を吐き出す。

「好きだ」

好きだ、壱。そう繰り返して、灰田は顔中にキスをしながら、掌で包んでいる壱を優しく愛撫した。熱い感覚が中心に集まる速度が急速に上がって行く。それが辛《つら》いように感じて、壱は灰田の肩《かた》に手を回し、自分よりもずっと逞《たくま》しい身体を引き寄せた。

「……だめだ……」

溜め息のような声で制しても、灰田は動きを止めない。欲望と背中合わせの辛さには、いつも苦しめられる。達したいけれど、素直に行為《こうい》を享受《きょうじゅ》出来ない。それは昔からだと、そう、思い出してしまうと、自然と涙が溢れ出した。

もっと感じていいのに。音羽はいつも苦笑して、そう囁いた。

「…壱…？」

泣いているのに気付いた灰田が、身体を離して、心配そうに顔を覗《のぞ》き込む。見られている気配に瞼をきつく閉じると、零《こぼ》れた涙が頬骨《ほおぼね》を伝って下へ落ちて行く。

他人と肌《はだ》を合わせたのは音羽が初めてで、彼が最初で最後の人だと思っていた。音羽がいなくなってしまってからは、もう自分は死ぬまで誰《だれ》とも触れ合うことはないと思っていたのに。こうして人の肌に触れると…触れられると、温かさや悦《よろこ》びを覚える。それは自然現象みたいなもので、仕方ないのかもしれないけれど。

どうして、自分は音羽以外の人間と抱き合っているのだろうという疑問に、ふと、苛《さい》まれる。

「壱……」

間違《まちが》いだと思いながらも、耳に残る声に惑《まど》わされる。泣くな。労《いたわ》るような声の響《ひび》きが逆に涙を溢れさせる。灰田が来る前にも泣いていたせいなのか、一度、堰《せき》を切った涙はなかなか止まらなかった。

「壱…」

「…っ…は…あ……」

気にしなくてもいいと、声に出しては言えなくて。深く息を吐《は》いて、首を伸《の》ばして灰田に口付けた。頭を抱《かか》えるようにして引き寄せ、キスを深くする。何も考えなくて済む程。快楽に溺れてしまいたくて、自ら求めるように舌を絡《から》ませた。

「ん…っ……っ……ん」

それに応《こた》えてくれる灰田の背に回した掌に力を込め、奥まで舌を差し入れて咬《か》み合う。口で得られる快感に夢中になっている間に、灰田の掌で握られているものはぐんと張り詰《つ》めていった。

濡れた感触が形を変えきったものを覆っている。先端《せんたん》から溢れる液は灰田の掌を濡らし、根本まで滴《したた》り落ちている。強弱をつけた指での愛撫が速度を増すと、下腹部がどんどん重くなり、足先が震《ふる》えた。

「っ…んっ…」

ぐっと先端へ向けて強く促《うなが》された瞬間《しゅんかん》、欲望が弾《はじ》け、喉《のど》の奥から呻《うめ》き声が漏れた。瞬間的に燃えるように熱くなった身体に酸素が欲しくて、口を離して大きく息を吸う。

「は…っ…あっ…」

濡れそぼったものから残滓《ざんし》を絞《しぼ》るように、灰田は指を動かし続けた。達したばかりなのに、細やかな動きがまだ硬いものを唆《そそのか》す。敏感《びんかん》になっている身体には辛くて、のろのろと手を上げると、下へ伸びている腕に触れた。

「も…う……」

いいからと、いなそうとしたのだけど、唇を重ねられて、言葉を奪《うば》われる。再び、激しいキスに夢中になっていると、熱く痺《しび》れたままの前から手を放した灰田が、奥へと濡れた指を忍ばせた。

「…ん…」

鼻先から漏れたのは甘えるような音で、自分が何を欲しているのか、分からせる。はしたないと思っても、昂揚《こうよう》した身体を抑《おさ》えきれなくて。肩を支えていた手を動かし、灰田のシャツのボタンに指をかけた。

一つずつ。全《すべ》て外してしまうと、キスを解いて、肩に顔を埋《うず》める。首筋や鎖骨《さこつ》に唇を寄せると、長くキスを続けた唇に、冷たい皮膚が心地よく感じられた。硬い肌は滑《なめ》らかで、息を吸い込むと、灰田の匂いが鼻孔《びこう》を擽《くすぐ》る。

「…っ……あ……っ…」

匂いにも記憶《きおく》はあるのだと、思いかけた時。孔《あな》の周囲を弄っていた指先が中に挿《はい》って来て、思考を邪魔《じゃま》された。更《さら》なる快感を求める身体が、それを与《あた》えてくれる指を進んで受け入れる。長い指にまとわりつく肉が、奥へと誘《さそ》うように動いているのが分かって、羞恥《しゅうち》を覚えたけれど止めることは出来なかった。

「ふ……っ……ん……っ…」

指先が感じる場所に当たる度《たび》、高い嬌声《きょうせい》を漏らしてしまうのが嫌《いや》で、皮膚を強く吸った。肩にしがみつき、夢中で吸い上げていると、灰田が小さく息を呑《の》む。

「…っ…」

つい、歯を立ててしまったのだと気付き、はっとして口を離《はな》した。耳元で「ごめん」と謝ると、灰田が微かに首を振《ふ》る。

「…声、出していいのに」

「……っ…」

自分の嬌声が嫌で肌を舐《ねぶ》っていたのを気付かれていたのだと分かると、恥《は》ずかしさが込み上げて、眉《まゆ》を顰《ひそ》める。そんな壱の額にキスを降らせ、灰田は密《ひそ》やかな望みを告げる。

「もっと…壱の声が、聞きたい…」

「っ…な……に……っ」

「声、出して」

甘えるような声音が耳に入ると、背筋がぞくりと痺れた。同時に、中にある指をぎゅっと締《し》め付けてしまう。いけないと思い、慌《あわ》てて息を吐くと、緩《ゆる》んだ隙《すき》を狙《ねら》うようにして指を増やされた。

「あっ…ん…っ」

質量を増した指に開かれる感覚に身体《からだ》が竦《すく》み上がる。ぐっと奥まで挿って来たものが、中を確かめるように蠢《うごめ》く。大きさが馴染《なじ》んだのを見計らい、深い場所から浅い場所へと、抜《ぬ》き差しされると、とてつもない快感で満たされた。

「っ…あ……だ…めっ…」

そんな風に擦《こす》られたら、また達してしまうと思い、灰田の下で首を振る。駄目だ。掠《かす》れた声で重ねて言うと、灰田が後ろから指を抜いた。

はあ…と大きく息を吐き、強張《こわば》っていた身体を弛緩《しかん》させる。しどけなく床《ゆか》の上に仰向《あおむ》けになり、閉じていた目を薄《うす》く開けると、灰田がシャツを脱《ぬ》いでいるのが見えた。闇《やみ》に浮かぶ身体は均整の取れた逞しいもので、壱は目を閉じて、身体を横たえる。

体温が上昇《じょうしょう》した身体には床の冷たさが気持ちいい。頬をつけ、肌で味わう冷たさに酔《よ》う。それでも中の熱さは変わらなくて、嬲《なぶ》られた孔がじんじんと疼《うず》いていた。冷水を浴びたって治まることのない熱を冷ます方法は一つしかない。

「…壱…」

服を脱ぎ、覆《おお》い被《かぶ》さって来た灰田が、耳元で名前を呼ぶ。優しい口付けを耳殻《じかく》や項《うなじ》に施《ほどこ》すと、背後から抱《だ》き締めて来る。柔《やわ》らかな部分に感じる灰田の熱さに、思わず、長い溜《た》め息が零れた。

「……後ろからでも…いいか？」

「…っ……」

淫靡《いんび》な囁《ささや》きに息を呑み、微《かす》かに頭を動かすことで頷《うなず》いた。身体を俯《うつぶ》せにし、腰《こし》を持ち上げる灰田の手に従う。潤《うる》んだ孔は硬《かた》い存在を察するだけでいやらしく収縮してしまい、大きく息を吐いて、力を抜いた。

「は……あっ……ん……っ…」

長い間忘れていた感覚を思い出したのはつい先日の話で、身体には色濃《いろこ》く記憶が残っている。中に挿って来る灰田がもたらす快楽を待ち望む身体が、先を急いで締め付けようとするのが恥ずかしくて。せつなげな声が上がった。

「…っ…や…っ…んっ……あ…」

「…苦しいか？」

気遣《きづか》われるのが申し訳なくて、下を向いたまま首を振った。背中に乗っている灰田の顔は見えなくて、だから、余計に声を感じてしまう。大丈夫《だいじょうぶ》。密着しているのに届かないのではないかと思うような小さな音で返し、瞼《まぶた》を伏《ふ》せた。

中にあるものが脈を打っているような錯覚《さっかく》を覚える。奥まで挿り切ると、灰田は深々と息を吐き出した。項や首筋にねだるようなキスをして、耳殻に唇《くちびる》をつけて、溶《と》けそうな声で告白する。

「…好きだ……壱」

何度も繰《く》り返される告白は、いつまでも褪《あ》せることなく、壱の心を鮮《あざ》やかな色に染め上げる。声音《こわね》だけで酷《ひど》く感じてしまい、ねっとりと内壁《ないへき》が灰田自身に絡みつく。そんな仕草に、灰田は小さく呻き声を上げると、詫《わ》びてから細い腰を抱えた。

「っ……ん……ごめ……ん……」

「あっ……あ……んっ……んっ……」

急に動き始めた灰田に翻弄《ほんろう》され、理性が簡単に焼き切れる。漏《も》れ続ける高い嬌声が真っ暗な部屋中に響く。どれだけはしたない声を上げているのか。もう、構えなくて、中を穿《うが》たれる快楽に身を任せた。

「っ……ん……あ……っ……んっ……」

「壱……」

きつく抱き締め、浅い場所から最奥《さいおう》へ激しく打ち込んで来る灰田に狂《くる》わされる。内壁を擦る硬《かた》さは、指とは全然違《ちが》う存在感で壱の思考を奪う。何も考えられないような快楽は、壱自身も望んでいたもので、我を忘れて没頭《ぼっとう》した。

「あっ……っ……やっ……んっ……っふ……」

達したばかりの前が、激しく刺激《しげき》されたことで、再び欲望を放つ。濡《ぬ》れた感触《かんしょく》を覚えても、背後から突《つ》かれる快感に夢中で構えなかった。肘《ひじ》をついて体勢を保ち、懸命《けんめい》に灰田を受け入れる。

「んっ……ふ……あっ……」

突き立てられる灰田が重さを増していくに従って、身体中を埋められてしまいそうな錯覚に襲《おそ》われる。本能が求める快楽を追い続けていられるこの時間は、とても短いもので、すぐに消えてしまうと分かっている。それでも。一瞬《いっしゅん》でも、何も考えずに抱かれる時間が持てるのはし

あわせなのだろうなと、白くなっていく頭の隅《すみ》で思っていた。

「…壱…」

「あ…っ…」

掠れた声で名前を呼び、一際《ひときわ》深くまで突き上げた灰田が、中で欲望を放つ。熱いものが広がる感覚に、身体が大きく震えた。壱、好きだ。愛《いと》しい声が囁いてくれる甘い言葉を耳にすると、酷く安心出来て、意識がふっと薄くなった。


灰田が離れて行くと、崩《くず》れるようにして床の上に蹲《うずくま》った。熱い息を落ち着けてから、起き上がろうと思っていたのだが、そのまま眠《ねむ》ってしまった。壱がはっと目を覚ました時には、和室の布団に寝《ね》かされていた。

「………」

怠《だる》い身体を起こし、両脇《りょうわき》を見たが、灰田の姿はない。灰田に抱かれた後、いけないと思いつつも眠ってしまったのは覚えていたが、はっきりとした記憶はない。灰田が自分の名前を呼んでいたことや、抱き上げられた感覚など、断片的な記憶を辿《たど》りながら、布団を抜け出すと、居間に出る。

「……灰田？」

真っ暗な部屋に呼びかけてみても返事はない。大きく溜め息を吐《は》くと、しんとした部屋に響《ひび》く。この前と同じだ。多分、帰ったのだろう。ひたひたと足音を立て、玄関《げんかん》を見に行くと、灰田の靴《くつ》は見当たらなかった。

そのまま、バスルームに入り、甘い疲《つか》れの残る身体を洗った。肘や膝《ひざ》、背中が微妙《びみょう》に痛むのは床の上で抱き合ってしまったせいだろう。子供みたいだと苦笑しながら、シャワーを止めると、バスタオルでざっと身体を拭《ふ》き、それを腰に巻いて浴室を出る。

冷蔵庫から取り出したミネラルウォーターのペットボトルに口をつけ、キッチンに置いてあるデジタル式の時計を見ると、間もなく午前三時になろうとしているところだった。ペットボトルをカウンターの上に置き、側《そば》にあった煙草《たばこ》を手に取る。一本、咥《くわ》えて、火を点《つ》けると、その場に立ったまま、居間を眺《なが》めた。

どうして灰田にまた抱かれたのか。どうして拒絶《きょぜつ》しなかったのか。次々と生まれる自分を苦しめるような疑問を吹《ふ》き消そうと、白い煙《けむり》を盛大に吐き出す。深い後悔《こうかい》に足下《あしもと》を埋《うず》められながらも、疑問の答えは目の前にあると感じていた。灰田がここにいないことに全《すべ》ての理由があるような気がする。

「……」

けれど、それも全て、言い訳か。苦い気持ちを抑《おさ》え込み、吸い終えた煙草を灰皿に押し付けると、服を着て、部屋を後にした。マンションの外に出ると、まだ暗闇《くらやみ》が濃く、朝の気配すら訪れていないのが分かる。それでも、抱かれた時間が早かったし、情事の後、深く眠ったせいで頭はすっきりしていた。部屋で一人、朝を待つよりも事務所で仕事をした方がいい。事務所へ向かう途中《とちゅう》、コンビニに寄り、煙草や飲み物、おにぎりなどを買い込んだ。

幸い、事務所には仕事が山積みで、余計なことを考えずに没頭することが出来た。間もなくして、朝がやって来たのにも気付かず、ひたすら仕事をしていると、八時近くになって綾子がやって来た。

「おはよう。早いね」

「おはようさん。そっちこそ。昼からでもよかったのに」

「青雲書房《せいうんしょぼう》の新垣《あらがき》さんから電話貰《もら》っちゃってさ。変更《へんこう》データがどうしても昼までに欲しいって言うから。それと、今月分の経費関係の書類、纏《まと》めなきゃいけないし……税金の支払《しはら》いで銀行にも行かなきゃいけないし…。そうだ。夏のボーナス、どうするか考えてくれてる？」

「……梨本のいいようにしてくれれば…」

そう言いながらも、肩身《かたみ》の狭《せま》い思いで、壱は椅子《いす》の上で身体《からだ》を竦《すく》める。仕事の量が増え、収入が増えるに従って、経理や事務を請《う》け負っている綾子の負担が大きくなっていってるのは壱も承知していた。

だから、そういう話を聞くと、決まって身を低くするしかなくて。神妙《しんみょう》な態度の壱を見て、綾子は疲れたような溜め息を吐く。壱には無理な話だと分かっているから、一緒《いっしょ》に独立した時、自分が全て請け負うと覚悟《かくご》はしたのだが。これからまた、エリエゼルという大きなプロジェクトが始まれば、忙《いそが》しさが増すのは目に見えている。綾子としては「もう限界」と口にしたくても出来ない状況《じょうきょう》であった。

「…サンドウィッチ、買って来たんだけど、向こうでどう？」

「コーヒーだけなら」

事務所に着いてすぐ、おにぎりを食べたからさほど空腹ではない。けれど、綾子がまだ話があるような雰囲気《ふんいき》だったから、頷《うなず》いて、仕事を中断して自室を出た。キッチンでコーヒーを入れ、綾子と共にテラスの椅子に腰掛《こしか》ける。

サンドウィッチの包みを開けながら、経理関係の話を始める綾子の声に神妙な顔で耳を傾《かたむ》けていた壱は、ピピピと携帯《けいたい》の着信音が鳴り始めたのに驚《おどろ》いて腰を上げた。ジーンズのポケットに携帯を入れていたのを、すっかり忘れていた。

「…悪い…」

話の腰を折ってしまうのを詫びながら、携帯を取り出し、着信相手を見る。しまった…と内心で思って動きを止めると、綾子が窺《うかが》うように聞いて来る。

「誰《だれ》？」

「……いや…」

何でもない…と首を振《ふ》り、通話ボタンを押した。本当は出たくなかったのだけど、綾子に疑心を抱《いだ》かれるのは面倒《めんどう》だった。短い会話で済ませ、後からフォローした方がいいだろうと考え、低い声で「はい」と答える。

『…寝てたか？』

「いや……何か用か？」

『…ごめん。声が…聞きたかったんだ』

「……」

『午後から、事務所の方へ行く』

「……っ…おい…」

来なくてもいい…と即座《そくざ》に返せず、どう言おうかと迷っている内に通話が切れた。思わずむっとして顔を顰《しか》めてしまい、そんな壱の表情を横から見ていた綾子は、頬張《ほおば》ったサンドウィッチを飲み込んで、相手を当ててみせる。

「灰田さん？」

「……」

どうして分かるのか。携帯を閉じて、無言で綾子を見ると、意味ありげな目を向けて来る。

「なに。電話がかかって来るような仲なの？」

「……違う。昨日……ちょっと…色々あって」

休みで事務所に出て来ていなかった綾子は何も知らない筈《はず》だった。壱は眉間《みけん》に皺《しわ》を刻んだまま煙草を咥えると、火を点けてから、柏木から電話を貰ったことから話を始めた。灰田が仕事を辞めた理由は他にあったと聞いて腹が立った…と言う壱に、綾子は同意せずに、冷静な感想を漏《も》らす。

「成る程ね。なら、納得《なっとく》出来るわ。うちで働きたいから辞めたなんて、やっぱり、理解出来ないところが大きかったもの」

「腹立たないのか？　ダシに使われたんだぜ？」

「どうして？　灰田さんが辞職の理由を私たちに言えなかったのは、彼にも色々事情があるからでしょ。逆に、灰田さんが就職を申し込んで来た経緯《けいい》がはっきりして、よかったじゃないの」

「……」

確かに綾子の言う通りで、腹を立てて、ホテルまで押しかけていった自分は間違《まちが》っていたのかもしれない。少なくとも、大人の対応ではなかっただろう。そう思うと、益々渋面《じゅうめん》になってしまい、仏頂面を晒《さら》す壱に、綾子は呆《あき》れた顔で尋《たず》ねる。

「丹野、もしかして、そんなことで灰田さんに食ってかかったんじゃないでしょうね？」

「……。あいつのホテルまで文句言いに行った」

「マジで⁉　有り得ない！」

どうせ、いつかばれるだろうからと、正直に告白すると、綾子は高い声を上げて、眉《まゆ》を吊《つ》り上げた。自分に向けられる厳しい視線を煙で避《よ》けながら、ホテルで灰田の部下という男から聞いた話を伝える。

「…ホテルでさ。あいつの部下だかなんだか知らないけど、偉《えら》そうな態度の男に会って、言われたんだ。あいつがうちで働きたいって話はなかったことにしてくれって」

「なに。それで、あんたは渡《わた》りに船とばかりにＯＫして帰って来たの？」

「……」

灰田を雇《やと》うつもりはないと、壱がはっきり明言していたのは綾子も知っている。壱にとっては好都合な話だったのではないかと聞いたのだが、肯定《こうてい》する返事はなかった。

「…なんか、そいつの態度がむかついてさ」

「雇わないって言ってたじゃない」

そういう言い方をするということは。灰田を雇うことにしたのかと、綾子が怪訝《けげん》そうに確かめた時だ。庭の向こうからクロが駆《か》けて来る。おはようございます、と挨拶《あいさつ》しながら、追って来るのは里見だ。

「早いですね。壱さんも綾子さんも」

「おはよう。そうだ、里見。青雲書房で直しが入ったんだけど、ちょっと確認して貰いたいんだよね。…丹野。その話、また後でね」

「…ああ」

綾子の方から話を切り上げてくれたのは壱にとっても助かる話で、クロと里見に救われた気分で、煙草とコーヒーを手に自室へ戻《もど》った。一緒に付いて来たクロを、久しぶりだなと、身を屈《かが》めて思い切り撫《な》でてやる。

「バーベキュー、楽しかったか?……あいつ。昼から来るって」

きっと、クロには嬉《うれ》しいことだから。小さく報告して立ち上がると、ポケットに仕舞《しま》っていた携帯を取り出す。灰田はホテルにいるのだろうか。折り返して、もう来るなと言うのは簡単だけど、灰田が言うことを聞くとは思えない。会って、どんな顔をしたらいいのか。そんな戸《と》惑《まど》いは勿論《もちろん》、あったけれど、前回のことを考えると、心配する必要はないとも思う。

この前と同じく、何事もなかったみたいに。普通《ふつう》に振る舞《ま》う筈だ。目が覚めたらいなくなっていたように。灰田は彼なりの理解で、自分を気遣《きづか》っているのだと思うと、思わず、大きな溜《た》め息が零《こぼ》れた。

バタバタと慌《あわ》ただしくしている内に昼が過ぎていた。午後から、と言っていた灰田がやって来たのは、二時近くになった頃《ころ》だった。壱は自室で仕事していたのだが、すぐに分かった。他の来客とはクロの反応が違う。ソファでつまらなそうに昼寝《ひるね》していたクロが、飛び出して行くのを見て、どきりとする心を意識して抑《おさ》える。

半分ほど、開けたままの引き戸から間もなく灰田が顔を覗《のぞ》かせるかもしれないと、緊張《きんちょう》していたのだが、現れたのは里見だった。

「壱さん。灰田さんがお寿司《すし》買って来てくれたんですけど、休憩《きゅうけい》しませんか？」

「…あー…後でいい。ちょっと手が離《はな》せないから」

「じゃ、置いておきますね。それと、俺、中村《なかむら》さんとこに打ち合わせに行って来ます」

分かった…と返事して、モニターへと視線を戻し、作業を再開する。仕事に集中しようと思っても、戸の向こうに灰田がいると思うと、彼と顔を合わせた時に話さなくてはいけないことばかり考えてしまう。手が離せないと、引き延ばせる時間なんてたかが知れている。

なんて言えばいいのか。考えても答えが出ないのは、自分が分からないせいだ。一度目は仕方なかったと思える状況下にあったけれど…。

「…いいか？」

「…っ…」

考え込んでいた壱は、突然《とつぜん》聞こえた声にびくんと身体《からだ》を震《ふる》わせる。顔を上げると、引き戸のところに灰田が立っていた。

「摘《つま》めるような巻き寿司を買って来たんだ。よかったら、仕事しながらでもどうだ？」

「……あ…ああ」

困惑《こんわく》した気分で頷くと、灰田はクロと共に入って来た。寿司の入ったパックを置こうとして、余りに雑然とした机に困惑した顔になる。

「何処《どこ》に置けばいい？」

「…あ、こっちに貰《もら》うから…」

「お茶は？」

「いい」

受け取った寿司を反対側へ置き、壱は小さく咳払《せきばら》いをして、灰田を見た。

「…梨本は？　一緒《いっしょ》に食ってたんじゃないの？」

「綾子さんなら出先から戻ってないと里見くんが言ってた。その里見くんはさっき出掛《でか》けた」

「…ああ…そっか。うん。それは…聞いた」

そう言えば、綾子は昼締《し》め切りの直しを終えてから、銀行関係の所用を片付ける為《ため》に出掛けたのだったと思い出す。遅《おそ》くなるかもしれないという話も聞いた。仕事に入ると、すぐに忘れてしまうからいけない。

しかし、ということは灰田と二人きりなのだ。それは……それで好都合かと、壱はポジティブに考えることにして、煙草《たばこ》を手に取り、灰田の方へ椅子《いす》を向けた。

「あのさ……」

「余裕《よゆう》があるなら、外で話さないか」

灰田の誘《さそ》いを断る理由はなくて、壱は頷《うなず》いて立ち上がった。煙草と寿司を手に、テラスへ出る。灰田がグラスについだお茶を持って来てくれると、礼を言い、寿司の包みを開いた。さほどお腹《なか》は空いていなかったのだが、少しでも時間が稼《かせ》ぎたい気分で、豪華《ごうか》な巻き寿司を一つ頬張り、何から話そうか考えていると、灰田の方が先に話を切り出す。

「…昨日、…丹野がホテルまで来てくれて…帰った後、下村たちともう一度、話し合って、一晩考えさせてくれって言ったんだ。下村とも…もう五年近く、仕事をしてきたし、他に、俺が学生の頃から協力してくれてた人もいたから…。それに…俺は世話になった人たちを、結果的に失望させるような真似《まね》をしたのに、それでも引き留めてくれたのが申し訳なかった。だから…自分が出来る限り、やるべきなのかという迷いもあって…。それに……丹野に、いるべき場所が違うって言われたから……俺が本当にいるべき場所って何処なんだろうって、考えたくて…」

「……」

こんな話し方をするということは。灰田の出した結論が推測出来て、壱は口を挟《はさ》もうかとも思ったのだが、彼の表情が余りに真摯《しんし》なもので、何も言えなくなった。苦い気持ちで聞いているしかなくて、煙草を咥《くわ》える。

「…皆《みんな》が部屋から出てって、一人になると、どうしても丹野に会いたくなった。…だから…電話したんだが……」

「あのな……誤解されても仕様がないかもしれないんだが……」

電話で「会いたい」と言われ、拒《こば》めなかった自分を深く後悔《こうかい》する。苦い表情で、誤解だと繰《く》り返そうとしたのだが、途中《とちゆう》で遮《さえぎ》られた。

「俺は…今は自分がいるべき場所とか、そういうことよりも、…丹野の側《そば》にいたい。そうしないと、凄《すご》く後悔すると思って……今朝、皆にはっきりと意志は変わらないからと告げた」

「……」

灰田の顔も声も、彼がどんなに真剣《しんけん》であるのか、十分に教える厳しさがあって壱は何も言えずに彼を見つめていた。朝、灰田から電話があったのは、午後からの訪問を伝える為だけでなく、本当に自分の声が聞きたかったのだろうとも、気付く。声を聞いてから、灰田は決別を告げたに違いない。

自分は灰田の中で想像以上に大きな存在になっている。それは流れ的に当然の話ではあったけれど、壱にとっては困惑と後悔が滲《にじ》む事実でしかなかった。この前と同じように。昨日、部屋にやって来た灰田に言ったのと同じように。全《すべ》ては誤解で、自分にはそういうつもりがなく、永遠に交わらない思いであると告げなくてはいけない。

音羽の面影《おもかげ》を追ってしまっただけで、灰田自身のことなど、少しも見ていないのだから。

「…あの……さ…」

息を吸って、頭の中に沢山《たくさん》用意した嫌《いや》な言葉の数々を、機械的に告げていこうとした時。灰田との間に座っていたクロがすっと立ち上がる。釣《つ》られて、顔を向けると、庭の向こうに綾子の姿があった。

日傘《ひがさ》に帽子《ぼうし》、サングラスに手袋《てぶくろ》と、ぱっと見には誰《だれ》だか分からないような格好で近付いて来た綾子は、呆《あき》れた声を出す。

「こんな時間に外に出てて暑くないの？」

「いや。爽《さわ》やかっていうんだろ。これくらいの暑さは」

「有り得ない。紫外線《しがいせん》バリバリよ。この季節。…灰田さん、こんにちは。うちのバカが失礼をしたみたいですみません」

「誰がバカだ」

一人しかいないじゃない…と冷たい台詞《せりふ》を向け、綾子はそのままの格好で庇《ひさし》の陰《かげ》に入る。壱から見れば十分な日陰なのに、日傘を握《にぎ》り締めたまま、移動させた椅子に座った。

「もう、銀行って本当に嫌なところね。で、丹野。結局、灰田さんに来て貰うことにしたの？灰田さんが入ってくれたら、こういうこと、全部やってくれるんですよねえ」

うっとりした顔で言う綾子の言葉を聞いて、灰田は「そうだ」と言って脇《わき》に置いたデパートの紙袋《かみぶくろ》から封筒《ふうとう》を取り出した。これ…と言って手渡《てわた》された封筒を、壱は何気なく受け取ったのだが。

「履歴書《りれき》だ。いるかと思って」

「……」

やっぱり諦《あきら》めてないのかと、渋《しぶ》い表情になる壱から綾子が封筒を取り上げる。綾子によってテーブルの上に広げられた履歴書を、壱も好奇心《こうき》が湧《わ》いてひょいと覗いた。しかし。

「……」

そこに記されていたシンプルかつ、恐《おそ》ろしい経歴に、二人は一瞬《いっしゅん》固まってから、灰田の顔を見た。

「…灰田さん。ハーバードとか出てるんですか？」

「いや。ちゃんと書いたんですが、中退です。学生時代に立ち上げた会社の方が忙《いそが》しくなってしまって、行けなくなったんですよ」

「…お前、社長しかやったことねえの？」

「社長…というか、CEOとか会長職とかも色々あるが…まあ、全部経営に携《たずさ》わって来たから、そういうことになるな。関係した会社全ては書ききれなかったから、大体のところを書いておいた。東京での住所はまだ決まってないから、一応、空欄《くうらん》にしてある。連絡《れんらく》は携帯《けいたい》に貰えれば…」

「あのさあ…」

やっぱりこれは有り得ない話なんじゃないかと、眉《まゆ》を顰《ひそ》めた壱が言おうとするのを、綾子が厳しい顔で止める。猫《ねこ》に小判。丹野事務所に灰田というのは、宝の持ち腐《ぐさ》れなのは重々承知しているが、現実問題、事務仕事がストレスとなっている綾子には、目を瞑《つぶ》りたい問題だった。

「いいじゃないの。大は小を兼《か》ねるって言うでしょ」

「違《ちが》うだろ、それ」

綾子の強引な纏《まと》め方に、壱が憤然《ふんぜん》と突《つ》っ込みを入れると、事務所の中で電話が鳴り始める。綾子が出ると、壱への電話で、そのまま打ち合わせに入り、テラスでのお茶は撤収《てっしゅう》となった。灰田は綾子にクロの散歩に行くと告げて出掛けて行き、見慣れたパターンの午後が過ぎて行くかと思われたのだが。

打ち合わせに出掛けた里見が、遅くなりそうだという連絡を入れて来たのは四時半を過ぎた頃《ころ》だった。それまで仕事に集中していた綾子は、電話がきっかけで時間に気付き、立ち上がって壱の部屋を覗《のぞ》いた。

「里見、遅くなるって」

「…うん…分かった……」

「灰田さんも遅いと思わない？」

綾子以上に仕事に没頭《ぼっとう》していた壱は、なまくらな返事をしながら、顔も向けなかったのだが、灰田の名前を出されるとつい反応してしまう。ちらりと視線を向けると、綾子は壱の部屋の壁《かべ》にかけてある時計を指さす。

「まだ帰ってないんだよ。出掛けたの、三時前だったよね？」

「……けど、あいつ、いっつも遅いだろう？」

「そうだけど…いつもは昼過ぎから行くからさ。三時くらいに帰って来るし。もう夕方じゃない」

綾子が心配する気持ちも分かるが、毎日のように散歩に行ってるのだからもう迷うことはないだろう。興味なさげな顔で「そだね」と相槌《あいづち》を打つ壱に、綾子は「それで」と散歩とは関係のない話を蒸し返す。

「灰田さんに手伝って貰《もら》うんだよね？」

「……」

確認するような聞き方をする綾子の声は厳しいもので、壱は神妙《しんみょう》な顔でキーボードを弄《いじ》っていた手を止める。窺《うかが》うように見ると、鋭《するど》い視線を返された。

「あんた、灰田さんの部下に啖呵《たんか》切ってきたんでしょ」

「……あれは…成り行きってやつで……」

「成り行きも何も、腹を立ててホテルまで文句言いに行くなんて、あんた自身、灰田さんに期待してたってことじゃないの」

「なんでそうなるよ？」

「じゃ、なんで、文句なんか言いに行ったのよ？　無視すりゃいいじゃん。丹野、灰田さんに関しては微妙《びみよう》に手ぬるいんだよ。嫌《きら》いな相手には恐ろしく冷たくする癖《くせ》に、灰田さんにはそういうこと、出来ないでいるでしょう？」

「……」

綾子の指摘《してき》にぐうの音も出なくなる。学生時代からずっと、何のかんのの腐《くさ》れ縁《えん》で十年以上、一緒《いっしょ》にいる相手だ。実の家族よりも何もかも知られている綾子にそう言われてしまうと言葉がない。

確かに綾子の言う通りで。灰田に対して酷《ひど》い言葉を吐《は》きながらも、きっぱりした態度が取り切れないのがいけないのだと分かっていた。だから、灰田は諦めようとしないのだ。困惑《こんわく》した顔で黙《だま》る壱に、綾子は微《かす》かに眉を顰めて続ける。

「灰田さんの声が原因なのかもしれないけど…」

「それは…違う」

惑《まど》わされたのは事実だけど、それだけじゃない。灰田との間に起こった過《あやま》ちは綾子には決して言えないし、彼に対する複雑な思いを説明する言葉もない。どう言ったらいいのか悩《なや》んでいると、聞き慣れた声が聞こえて来る。

「丹野くーん……あ、綾子さんもここだったのか」

顔を見せたのは柏木だった。打ち合わせの予定があった壱は腰《こし》を浮《う》かせかけたのだが、何処《どこ》か慌《あわ》てた様子の柏木に、意外なことを聞かれる。

「ねえ、クロは?」

「え…クロですか?」

柏木が入って来るなり、クロの名前を出すのは珍《めずら》しい。特に犬好きという訳でもないし、そもそも、始終丹野事務所に出入りしている彼は、クロがいなかったとしても散歩に出ているのだと知っている筈《はず》だった。

「今、灰田さんが散歩に連れて行ってるんですよ。それで、遅《おそ》いねって話をしてたんですけど…」

「えっ!?」

綾子の説明に、柏木は驚《おどろ》いた声を上げ、固まった。その反応を、壱も綾子も不審《ふしん》に思って尋《たず》ねる。

「何ですか?」

「クロがどうかしたんですか?」

二人に聞かれた柏木は、眉を顰めて壱を見た。困惑を強く滲《にじ》ませた表情でじっと見つめた後、綾子の方へ向き直って告げる。その内容を聞いた壱は、柏木が言い淀《よど》んだ意味をすぐに理解した。

「…いや、さっきさ。ここへ来る途中《とちゅう》、事故があったみたいで、救急車とかパトカーとかが集まってたんだよね。それで…黒いラブラドールを連れた人が轢《ひ》かれたみたいだって話がちらりと聞こえたんで……まさかとは思ったんだけど……」

「……」

ざーっと血の気が引いていくのを感じ、壱は硬直《こうちょく》した。悪い記憶《きおく》が頭の中を逆流する。もう春は過ぎたのに。初夏の夕方。あの時とは違う季節で、違う時間なのに。どうしても甦《よみがえ》って来る最悪な思い出に、心が凍《こお》り付く。

「で…電話……灰田さんの携帯……丹野、あんた、知ってるんじゃないの⁉」

同じように動揺《どうよう》している綾子が聞いて来るのに、壱は答えられずに震《ふる》える手を机に着いて立ち上がった。綾子とも柏木とも視線を合わせず、真っ青な顔で部屋から走り出る。

「丹野！　何処行くの…っ⁉」

「丹野くん！」

背中を追い掛《か》けて来る声を振《ふ》り切り、全速力で事務所を走り抜《ぬ》ける。嘘《うそ》だ。嘘だ。そんなに悪いことが何度もあってたまるものか。身を切るような叫《さけ》び声を心の中で上げ、何処かも分からない事故現場へと駆《か》け出した。


音羽が交通事故に遭《あ》ったという一報が入ったのは、春の午後だった。その頃、壱は音羽と一緒に東海林デザインで働いていた。打ち上げを兼ねた宴会《えんかい》が公園で行われたその日。麗《うら》らかな日差しの下、皆《みな》でバーベキューを楽しんでいた。仕事のあった音羽は、終わったら合流する予定で、朝、別れたきりだった。クロを連れた壱は音羽が来るのをずっと待っていたのに、もたらされたのは凶報《きょうほう》で、その瞬間《しゅんかん》に全《すべ》てを失った。

柏木から「事故」と聞いた瞬間。壱にとって最悪の過去が頭の中に甦り、自制心をなくした。闇雲《やみくも》に走りながら、もしも、もしも、また失くしてしまったらと、絶望的な考えに支配される。クロと灰田がいなくなってしまったら。自分はもう、生きていけない。生きていける自信がない。

些細《ささい》なことでもパニックに陥《おちい》る程、音羽の事故は壱の中に大きな傷跡《きずあと》を残していた。治りはしない傷は永遠に膿《う》み続ける。じくじくと痛む傷の上に、新たな傷を作ってしまえば。致命傷《ちめいしょう》になるのは確実だから。

「…っ…は…あ」

息を切らし、角を曲がった時。前方に赤色灯を回したパトカーと、事故処理に当たっている制服警官が目に入った。どきんと心臓が鳴って、足が竦《すく》む。立ち止まりそうになったが、気力を振り絞《しぼ》って近付くと、事故現場を窺っている野次馬に混じって道路を覗き込んだ。

「……」

交差点の端《はし》に事故を起こしたらしい車が停車しており、横断歩道上で警官が実況見分《じっきょう》を行っている。被害者《ひがいしゃ》らしき人間や救急車は見当たらず、既《すで》に搬送《はんそう》された後だと思われた。事故に遭ったのは灰田なのか。クロは何処に行ったのか。確かめる為《ため》に、前を通りかかった警官に声をかける。

「あ……の……っ……すみません！」

「……はい？　何ですか？」

「あの……っ……俺の……知り合いが事故に遭ったかもしれないんですが……っ……何処に行けば……」

どう言ったらいいかも分からなくて、たどたどしい口調で尋ねる壱に、警官はすっと表情を厳しくして、脇《わき》へ寄るように指示を出す。野次馬から離《はな》れた場所で立ち止まると、壱は堪《こら》えきれずに焦《あせ》る心情を吐き出した。

「犬を……犬を連れてたんです。黒いラブラドールで……散歩に行ったまま、戻《もど》って来ないから……っ」

「落ち着いてください。犬には怪《け》我《が》はありませんでしたから。警察署の方へ引き取っています。ご安心下さい」

「そう……ですか……」

、クロが無事だという話にほっとしたものの、それは一瞬《いっしゅん》で、更《さら》なる不安が生まれ出る。警官の口から、連れていた人間も無事だという言葉が出ていないのは何故《なぜ》なのか。灰田は？　灰田はどうなったのかと、声に出せず、表情だけで聞く壱に、警官は厳しい表情を向けた。

「被害者の方は先程、救急車で搬送されました。搬送先は自分には分からないので、今から問い合わせますから……」

「怪我を……してるんですよね？　どの程度……？」

「自分は搬送される直前にこちらの現場に到着《とうちゃく》したので、詳《くわ》しい状況《じょうきょう》などは分からないんです。

今、何処の病院か聞いて来ますから、暫《しばら》く待ってて下さい」

分からないと言いながらも、警官の硬《かた》い態度はよくない状態を連想させるものだった。もしも、軽傷であれば、そう言うに違《ちが》いないのに。ごまかすような物言いはそれだけ重症《じゅうしょう》なのだと報《しら》せているようで、目の前が真っ暗になって、その場に崩《くず》れ落ちてしまう。

「……っ……」

「大丈夫《だいじょうぶ》ですか⁉」

「……っ……」

どうしたらいいのか分からなくて、蹲《うずくま》ったまま動けなくなった。全身に力が入らなくて、警官の呼びかけにも答えられない。自然と溢《あふ》れて来る涙《なみだ》を抑《おさ》えようと、両手で顔を覆《おお》い、必死で呼吸して気持ちを落ち着けようとするのだけど、とても立ち上がれそうになかった。

目を閉じているのに、頭の中にクリアな映像が浮かび上がる。音羽が亡くなった時の記憶が断片的に繰《く》り返される。辛《つら》くて。叫び出したくても声が出ず、壱は顔をぐしゃぐしゃにして泣き続けた。

「どうしたんですか？　気分が悪いんですか？」

「……す…みま…せん…」

心配してくれる警官に、何とか答えて、病院の場所だけでも聞かなくてはいけない。綾子に連絡《れんらく》を取って、一緒に行って貰《もら》おう。一人ではとても行けないから。建設的な行動に出ようとしても、動けないでいた壱は背後から聞こえた音に全身を震わせた。

「…っ!?」

ワン、という犬の鳴き声。それは間違いなくクロのもので、飛び上がるようにして顔を上げ、その行方《ゆくえ》を捜《さが》す。今のは絶対にクロだった。そう信じて、辺りを見回すと、少し離れた場所から不思議そうに見ている姿があった。

灰田とクロ。共に元気に立っている。

「……!?」

どうして？　いや、つまり…。人違いだったのか？　頭の中が酷《ひど》く混乱して、現状が把握《はあく》出来ないままでいると、灰田が足早に近付いて来た。彼がクロを…黒いラブラドールを連れているのに気付いた警官が、壱に声をかける。

「あの…もしかして……」

あちらの方をお捜しだったんですか？　という声に、どう答えようかと惑《まど》っていると、側《そば》まで来た灰田が「どうしたんだ」と重ねるように聞いて来た。

「あ……の……」

両方にどう答えたらいいか分からなくて、戸惑う壱の顔にクロが鼻先を近付ける。涙で濡《ぬ》れている顔を舐《な》めて来るクロの舌がくすぐったくて、思わず高い声が上がった。

「わ…っ…やめろよ…っ……クロ！　くすぐったいってば…」

そんな壱とクロの様子を見て、警官は事情を悟《さと》り、不思議そうな顔をしている灰田に説明した。交通事故があって、被害者が同じ犬種を連れていたと聞いて誤解されたようですよ…と言う警官に、灰田は溜《た》め息のような声で相槌《あいづち》を打った。

「ああ…そうだったんですか」

「自分も先に被害者の方に関する情報を申し上げるべきでした。救急車で搬送された方は、五十代の女性だったので…」

「え…」

警官の言葉を聞き、壱は目を丸くして固まる。確かに、それを先に聞いていたら、安心出来た。余りに動揺していて、犬の確認をしただけで、灰田だと思い込んでしまい、肝心《かんじん》なことを聞いていなかったと反省する。

「す…すみません…。俺……事故だって聞いて、驚《おどろ》いてしまって…」

「いえいえ。とにかくご無事でよかったです。自分は職務に戻りますので、お気をつけてお帰り下さい」

にこやかに挨拶《あいさつ》し現場へ戻って行く警官を、お辞儀《じぎ》しながら見送ると、ばつの悪い気分で灰田を見上げた。呆《あき》れたような表情が待っているかと思ったが、自分を見る顔は真面目《まじめ》なものだった。

視界がぼやけているのは涙のせいだ。手の甲《こう》で水滴《すいてき》を拭《ぬぐ》い、もう一度灰田を見ると、上着のポケットからハンカチを取り出し、屈《かが》んで差し出してくる。

「……俺が事故に遭ったと思ったのか？」

「……ああ」

激しく泣いてしまった後だから、相当酷《ひど》い顔になっているのだろう。恥《は》ずかしさをごまかす為に、ぶっきらぼうに答えると、灰田から受け取ったハンカチで顔を覆う。ふう、と深く息を吐《は》き、なんとか自分を立て直そうと努力するのだけど、受けたショックが大き過ぎて、なかなか取り戻せない。

「電話してくれればよかったのに」

「……っ…そう…なんだけど…っ…。柏木さんが…来て……、来る時に事故を見かけて、それが黒ラブを連れた人が轢《ひ》かれたみたいだって言うから……驚いて……」

「それで……飛び出して来たのか？」

「……」

声音《こわね》に唖然《あぜん》とした様子が混じっているのを聞き取り、壱はハンカチから顔を上げて目の前にいる灰田を見た。驚いているような顔を見て、眉間《みけん》に深い皺《しわ》を刻み、「悪いかよ」と憎《にく》まれ口を叩《たた》いてみせる。

そんな壱に、灰田は何も言わずに首を横に振《ふ》り、「帰ろうか」と声をかけた。壱が座り込んでいるのは道路で、今はまだ警察の交通規制が敷《し》かれた状態だからいいけれど、間もなく現場検証が終われば車が通り始める。続きの話は歩きながらしよう…と言う灰田の提案はもっともで、壱も頷《うなず》き、立ち上がろうとするのだが。

「……」

力が抜《ぬ》けてしまったままで、脚《あし》に力が入らない。灰田の前だから、虚勢《きょせい》を張っていたいのに。

さっと立って、何でもない顔をして歩きたいのに。焦る気持ちが身体《からだ》を益々強張《こわば》らせて、動けないでいる壱の腕《うで》を、灰田が掴《つか》んで持ち上げる。

「…っ…な…に…」

「立てないんだろう？」

だったら抱《かか》えて連れて行ってやるから…と言う灰田に、壱は激しく首を振った。冗談《じょうだん》じゃない。公道を灰田に抱えられて歩くなんて、とんでもないと拒否《きょひ》する壱に、灰田は冷静な口調で指摘《してき》した。

「だが…ほら。もう、規制も解除されるようだ。このままじゃ、迷惑《めいわく》になるぞ」

「…っ…」

灰田の指す方向では、警官が規制に使っていたカラーコーンなどを撤収《てっしゅう》しているのが見えた。ぐずぐずしている余裕《よゆう》はなく、選択《せんたく》を迫《せま》られた壱は、せめて…と思い、おぶってくれるように要求する。

「それならいいのか？」

「……」

助けられる側でありながら憮然《ぶぜん》とした顔で頷く壱に、灰田は苦笑しながら手を貸して、背中へおぶう。クロのリードを手にひっかけ、事務所へと向かい、夕暮れの道を歩き始めた。

灰田の背中はしっかりしていて、温かかった。感情が乱高下したせいもあって、人の体温や、穏《おだ》やかな揺《ゆ》らぎがとても心地《ここち》よく感じる。ただ、恥ずかしさだけはどうしても拭えなくて、低い声でぼそりと呟《つぶや》いた。

「…事務所の側《そば》までだぞ」

「……」

「時間が経てば立てるのに、お前が早く帰りたがるから、俺は仕方なく背負われてるんだからな」

「……」

何か違うな…と思いつつ、灰田は苦笑して「そうだな」と相槌を打つ。「大体」と続けられる文句が、照れ隠《かく》しだというのはよく分かっていた。

「お前が早く帰って来ないから悪いんだ。何してたんだよ？」

「何って……散歩だよ」

「長過ぎなんだって、いつも」

「クロを連れて歩いていると、結構声をかけられるんだ。それで、話し相手になってると、時間があっという間に経ってしまう。今日は、いつも会う、おばあさんの話が終わらなくて…遅《おそ》くなってしまった」

「……」

壱もクロを散歩に連れて行くけれど、誰《だれ》かと話し込むなんてことはない。それは自分が無愛想で人嫌《ぎら》いのオーラが出ているからだと、納得《なっとく》しているけれど、灰田も同じだと思っていたのに。散歩先で老人と話し込む灰田なんて、想像がつかなくて、文句が続かなくなる。

考え込む壱を背中に負ったまま、灰田は低い声で呟いた。

「…丹野はよく泣くな」

「……」

苦笑が混じったような、深い声音が身体に響《ひび》く。ひっついているせいか、余計に染み入るように感じられた。懐《なつ》かしくて愛《いと》しい声と今、耳にしているそれが、自分の中で混ざっていくような錯覚《さっかく》を覚えながら、壱は溜め息をそっと零《こぼ》す。

「……違《ちが》う」

「え？」

「音さんが……死んだ時のことを思い出して……」

「……」

「音さん、交通事故で死んだんだ」

だから…と続ける声はすうっと消えていく。灰田は何も言わずに歩いていたが、間もなくして「そうか」と、微《かす》かな声で相槌を打った。余計なことは言わず、何でもない短い言葉を返す灰田の感情が、痛い程伝わって来る。

灰田が自分に対して向けてくれている想いがせつなくて。壱は灰田の背中に額をつけると、息を吸って、もう一度「だから」と言った。

「…お前を心配して…泣いてたんじゃないからな…」

「……ああ…分かってる」

「誤解するなよ」

「ああ」

返事をする灰田の声には苦笑が混じっている。壱は悔《くや》しさに似た感情を覚えながら、唇《くちびる》を引き結んだ。息を深く吸うと、鼻孔《びこう》に灰田の匂《にお》いが入って来る。

「……」

昨日。抱《だ》かれた時に頭に浮《う》かんだ僅《わず》かな思いが甦《よみがえ》った。これは灰田の匂いだ。音羽のそれとは違う。身体が覚えている様々な記憶《きおく》は、色んな錯覚を作り上げて自分を惑《まど》わせる。同じ声音に忘れようとしていた恋情《れんじょう》を思い出し、違う匂いに、新しく生まれる感情を持て余す。

もしも。もしも…灰田が本当に事故に遭《あ》っていたら？　音羽と同じように、いなくなってしまったら？　自分はもう生きていけないと思った。音羽のショックを思い出して涙《なみだ》が出たというのは本当だが、灰田を心配しなかったというのは嘘《うそ》だ。

「……」

灰田の肩《かた》に回した手に力を込め、広い背中に顔を埋《うず》めると、「俺は」と囁《ささや》いた。

「もう…誰も好きにならないんだ。だから……お前を好きになることはないよ」

「……側にいられるだけで、いいんだ」

「…バカだな」

消え入るような声で言うと、何処《どこ》からか「灰田さん！」と呼ぶ声が聞こえて来た。綾子の声だ。はっとして顔を上げ、灰田の背中から慌《あわ》てて滑《すべ》り降りる。灰田に背負われているなんて、格好悪い場面を見られたくなくて急いで離《はな》れたのだけど、無駄《むだ》な話だった。

「丹野!?　どうしたの？　なんで灰田さんにおぶわれてるのよ？」

「……っ……いや……その…色々あって…」

飛び出して行った壱を捜《さが》していた綾子は、心配していた灰田とクロを見つけ、喜んで声をかけたのだが。その背中から飛び下りる壱を見つけて、驚《おどろ》いた声を上げる。けれど、近付いて見た壱が泣き腫《は》らした顔をしているのを見て、すぐに理由が分かった。

「何よ。灰田さんが無事だって分かって、ほっとして力が抜けたの？」

「ち…違うって！」

「だから、電話してみろって言ったでしょ。慌てて飛び出して行くから」

眉《まゆ》を顰《ひそ》め、呆《あき》れ顔で言う綾子に言い返したいのだけど、まだ思うように力が入らず、反論する元気が出ない。仏頂面を晒《さら》す壱を横目で見て、灰田は綾子に心配をかけた詫《わ》びを告げた。

「綾子さんにもご心配かけたんですね。すみません」

「いえいえ。無事でよかったです。柏木さんも捜してるんですよ。私、携帯《けいたい》、持って来なかったから、先に帰って連絡《れんらく》して来ますね。丹野、どうせ、まだまともに歩けないんでしょ。灰田さんとぼちぼち帰って来なよ」

「あ、綾子さん。俺が丹野くんを連れて帰りますから、クロをお願い出来ますか？」

「分かりました」

クロのリードを綾子に渡《わた》し、事務所へ駆《か》けて行く姿を見送った。隣《となり》で立ち尽《つ》くしている壱に、灰田は「おぶるか？」と言ったのだけど。

「…いい」

「じゃ、腕《うで》を貸そう」

ほら…と言って、掴《つか》まるように勧《すす》める灰田を壱は断れなかった。本当は拒否したかったのだけど、一人ではまだまともに歩けそうにない。渋《しぶ》い顔で灰田の腕をそっと掴むと、ゆっくりした歩調で進み始める。

夕暮れ。眩《まぶ》しい光で世界を照らしていた太陽がもうすぐ沈《しず》み切る。夏の初めの、日がうんと長い時季だから、まだ暫《しば》く闇《やみ》はやって来ない。深く息を吸い込むと、微かに空気が変わって来ているのを感じられる程度だ。

何も話さないで静かに歩いていると、寄り添《そ》っているのが誰だか分からなくなる。角を曲がり、こんもりとした小さな森が見えて来ると、壱はそっと隣を盗《ぬす》み見た。自分よりも高い場所にある灰田の横顔は、優《やさ》しい表情をしていて、ほっとする。

やっぱり、灰田にはこういう顔の方が似合う。そう思って、小さく咳払《せきばら》いをしてから、聞いてみた。

「……お前、そのスーツ、暑くないの？」

「…いや。もう夕方だし…」

「見てる方が暑苦しいよ。犬の散歩に行くのだって、変だろ。それじゃ」

「そうか？」

「大体、うちの仕事に普段《ふだん》からスーツ着てる必要ないって」

もごもごと言う壱の言葉を聞いて、灰田は足を止める。縋《すが》っていた相手が急に止まったせいで前のめりになった壱は、眉を顰めて灰田を見上げた。

「っ…なんだよ？」

「…それはどういう意味だ？」

「……」

真面目《まじめ》な顔で聞いて来る灰田を見て、壱はぐっと言葉に詰《つ》まった。正面から言いたくなくて、だから、ごまかすように言ったのに。眉間《みけん》の皺《しわ》を深くして、唇を尖《とが》らせる。

「…分からないならいいよ」

「雇《やと》ってくれるってことか？」

「…っ…分かってるなら…」

確認する必要はないじゃないかと、壱は八つ当たりみたいに憤然《ふんぜん》とした顔で言うと、灰田の腕から手を離す。もういい加減大丈夫《だいじょうぶ》だろうと思って、さっさと歩き出そうとしたのに、まだ脚《あし》が元通りになってなくて転びそうになってしまう。

揺《ゆ》らいだ身体《からだ》をさっと横から支え、灰田はにっこりと微笑《ほほえ》んで、丁寧《ていねい》な口調で壱に言った。

「よろしくお願いします。社長」

「…は？」

「丹野事務所の社長は『お前』だろう？」

からかうように言う灰田を見ると、しまったという気分になる。早まってしまったんじゃないか。こういう嫌《いや》みな奴《やつ》だって分かっていたのに。

「バカにしてるのか？」

「まさか。心から喜んでる」

笑みを浮かべた灰田は、言葉通り嬉《うれ》しそうで、壱は何も言えなくなった。お世辞やお愛想《あいそ》なんかじゃない。初めて見た時の灰田は難しそうな顔で、にこりともせずに辛辣《しんらつ》な台詞《せりふ》を向けて来たのに。

こんな風に笑わせられるような存在に自分がなるなんて。考えもしなかった。

「梨本が…大変そうだから、仕方なく雇うんだぞ。誤解するなよ」

「ああ」

「クロも懐いてるし…里見も喜ぶだろうし…」

言い訳をぶつぶつ口にしていると、事務所の前に着いていた。立ち止まる灰田に釣《つ》られて、庭に植えられた木々を見上げる。いつだったか。クロと一緒《いっしょ》に庭の木を見ていた灰田を遠くから眺《なが》めたことを思い出す。

短い間でも季節は刻々と変わっているから、木々の表情も違う気がした。これから夏へ向け、益々緑は濃《こ》くなり、やがて秋が来れば葉は色を変える。いつまで自分の隣に灰田はいるのだろう。

音羽は自分の選択《せんたく》をどう思うだろう。すっと吹《ふ》き抜《ぬ》けた風が木々を揺らす。ざあっとざわめく葉の音を聞いて、壱は小さく息を吐《は》いた。

あとがき

こんにちは、谷崎泉です。「愛するということ」をお届けします。

このお話は数年前からずっと書きたいと思っていまして、どういう形で世の中に出せるかなとチャンスを窺《うかが》っておりました。今回、ルビーの担当さんが気に入って下さり、こうして出して頂けました。ありがとうございます。

挿絵《さしえ》を担当して下さったのは高座朗先生です。とっても素敵《すてき》な灰田さんと壱くんを描《えが》いて頂きましてありがとうございました。ラフを頂戴《ちょうだい》して、「もったいない…」と思いつつも、いつもながらに何かひと味足りない私のお話も変身出来るかも…と他力本願な考えを抱《いだ》いてしまいました…。麗《うるわ》しい挿絵を本当にありがとうございます。

人を愛するということは楽しいとか嬉《うれ》しいとか、そういうプラスの感情ばかりではなく、長く一緒《いっしょ》にいるほど、様々な苦労も伴《ともな》うものだと思うのですが、そういう時期へ辿《たど》り着く前に音羽さんを失ってしまった壱くんが、灰田さんとの関係をどうやって育て、彼を愛していくのか。

正面から向き合って、丁寧《ていねい》に描いていきたいです。私はいつも出来る限り、読後感のよい話を書くよう心がけているのですが、このお話は色んな感情を絡《から》めて、すとんと胸の奥に落ちるような話に出来たらなと思っています。続きをどういう形で発表出来るか未知数なのですが、読者の皆《みな》様が応援《おうえん》して下さるのを切に願います。

桜咲《さ》く頃《ころ》に　谷崎　泉

KADOKAWA RUBY BUNKO

愛《あい》するということ
谷崎《たにざき》 泉《いずみ》

角川ルビー文庫　R 126-2　15684

平成21年5月1日　初版発行

発行者———井上伸一郎
発行所———株式会社角川書店
東京都千代田区富士見2-13-3
電話/編集(03)3238-8697
〒102-8078
発売元———株式会社角川グループパブリッシング
東京都千代田区富士見2-13-3
電話/営業(03)3238-8521
〒102-8177
http://www.kadokawa.co.jp
印刷所———旭印刷　製本所———BBC
装幀者———鈴木洋介

ISBN978-4-04-454402-7　C0193　定価はカバーに明記してあります。

KADOKAWA RUBY BUNKO

角川ルビー文庫

いつも「ルビー文庫」を
ご愛読いただきありがとうございます。
今回の作品はいかがでしたか？
ぜひ、ご感想をお寄せください。

〈ファンレターのあて先〉

〒102-8078 東京都千代田区富士見2-13-3
角川書店 ルビー文庫編集部気付
「谷崎 泉 先生」係